www.tredition.de

AF202160

Für meine Kinder Oliver und Melanie

Dunkle und helle Momente

22 Kurzgeschichten

von

Veronika Bucher

www.tredition.de

© 2021 Veronika Bucher

Verlag und Druck:
tredition GmbH, Halenreie 40-44, 22359 Hamburg

ISBN
Paperback: 978-3-347-21983-0
Hardcover: 978-3-347-21984-7
e-Book: 978-3-347-21985-4

Inhaltsverzeichnis

Mit einem leeren Blatt per du

Nackt und in einem makellosen Weiß liegst du vor mir. Einem schnörkellosen Weiß. Keine noch so zarte Faser durchzieht deine Oberfläche. Du hast auf der Nussbaumplatte meines geliebten Schreibtisches Platz gefunden. Scheint mir deshalb das Weiß heller als es tatsächlich ist? Der Kontrast gefällt mir. Wenn du gestattest, streiche ich einmal von unten nach oben über deine Fläche. Aalglatt wie mein Teeservice aus feinstem Porzellan fühlst du dich an. Ein angenehmes Gefühl. Ich frage mich, was deine Schönheit ausmacht. Für mich bist du schön, obwohl dich kein Wasserzeichen ziert. Weil der letzte Sonnenstrahl durchs Fenster flitzt und dir einen zarten Glanz verleiht? Oder weil das reine, schlichte Weiß auf mich eine beruhigende Wirkung hat?

Einen kurzen Moment entführt mich dein Anblick in Großmutters Garten. Deutlich sehe ich die Leintücher vor mir, eins am anderen an einer Leine hängend, die sich dem Spiel des Windes hingeben. Stundenlang habe ich als Kind im Gras gelegen, dem Flattern der weißen Stoffe zugeschaut, in den Himmel geblickt und geträumt.

Ich durchschaue dich. Geduld ist deine Stärke. Du wartest gelassen ab, was passiert. Glaubst du wirklich, dass mich deine kühle Eleganz hemmt, ein erstes

Wort zu setzen? Dass ich mich nicht traue, dir deine Unschuld zu nehmen? Wenn dem so ist, täuschst du dich. Oder wartest du darauf, dass ich dich endlich in die Pflicht nehme und beginne, eine Geschichte zu erzählen, damit du jedes Wort, jeden Satz aufsaugen kannst? Höre ich ein verhaltenes Lachen? Allein deine Anwesenheit setzt mich unter Druck. Sie blockiert mich. Ich fahre mir durch die Haare, um meinem Ärger Luft zu machen. Mir wird warm, und ich öffne das Fenster. Warum lasse ich mich aus der Ruhe bringen? Ans Sims gelehnt, atme ich einmal tief durch. Ich schmunzle bei dem Gedanken, dich zu einem Papierflieger zu falten. Das ist nicht abwertend gemeint. Vom dritten Stock würdest du hinausschweben, getragen von einem Lufthauch, und die Freiheit spüren. Nein, dir gebührt eine edle Figur. Wie wäre es mit einem Schwan und einem Platz auf Lebenszeit auf meinem Pult? Meine Euphorie entschwindet so schnell, wie sie aufkeimte. Die Origamiphase ist zu lange her.

Ich setze mich wieder, denn ich habe mich entschieden. Was flüsterst du? Du bist unsicher, weil du nicht weißt, ob dir zusagt, was ich dir anvertrauen werde. Das verstehe ich, doch ich kann dich beruhigen: Mit dir habe ich etwas ganz Besonderes vor. Neugierig? Ich spitze den Bleistift. Du zitterst ja. Nur keine Panik. Die Mine ist weich. Soll ich endlich loslegen? Einem inneren Impuls folgend hebe ich dich kurz hoch. Ich gebe es zu, ich liebe deinen Duft. Du riechst nach …? Irgendeinem Gemisch von Leim? Weder nach Holz noch nach etwas Lieblichem. Werde nur nicht eitel. Ich halte jedes Papier oder frisch gedrucktes Buch zuerst an meine Nase. Diese sinnliche Wahrnehmung, und sei es auch nur für einen Augenblick, berauscht mich. Halte ich ein neues Buch in den Händen, ist es die Vorfreude, in ein anderes Leben einzutauchen, mich beim Lesen zu entspannen. Bei einem leeren Blatt Papier hingegen verhält es sich umgekehrt. Es beginnt in mir zu kribbeln, der Puls steigt, und ich schweife ins Land der Phantasie. Irgendwann spukt in meinem Kopf die Rohfassung einer Erzählung herum. Die Wörter wollen ausbrechen, aufs Papier gebracht werden, um dort für immer haften zu bleiben.

Ich bleibe locker, denn heute habe ich einen Plan. Mit Hilfe eines Lineals ziehe ich auf dem Blatt vier waagrechte Linien mit großem Zwischenraum. Ganz sanft wie versprochen. Ich tausche den Bleistift gegen einen Füllfederhalter. Stilvoll liegt er in meiner Hand, und ich nehme gleich respektvoll eine bessere Haltung ein. Dieses Instrument zwingt mich, bewusst vorzugehen, um ein schönes Resultat zu erzielen. Für mein Vorhaben benötige ich eine ruhige Hand, denn ich kann nicht korrigieren. Ich muss dir gestehen, ich müsste dich beim geringsten Fehler zerknüllen, mich einem frischen Blatt zuwenden. Das tue ich dir nicht an. Ich verspreche dir, ich werde präzise arbeiten. Auf einem Notizblock zu meiner Rechten probiere ich einige Züge. Ich bin erstaunt, dass ich die Kalligrafie nicht verlernt habe. Eine Horrorvorstellung spielt sich vor meinem geistigen Auge ab: Ein Tintenklecks, der sich unaufhaltsam ausbreitet. Ich könnte nichts dagegen tun, sondern nur stumm beobachten, wie die Strahlen in alle Himmelsrichtungen strömen, immer dünner werden und versickern. Aber das wird nicht geschehen. Jetzt wird es ernst. Ich berechne im Kopf, wo ich beginnen muss, um das Wort als Überschrift in der Mitte des Rechtecks zu platzieren. Sanft setze ich die Feder auf, begleitet von leichtem Herzklopfen, und schreibe Buchstabe um Buchstabe. Es erfordert höchste Konzentration. Voilà, das Wort *Gutschein* sitzt elegant in der Mitte. Auf den nächsten Linien erfolgen einige Details. Am Ende überfliege ich den kurzen Text und lächle. Eigenlob befremdet mich, und doch muss ich sagen: Mein Vorhaben ist mir gelungen. Mit der ästhetischen Schrift in Blau wirkst du interessant. Sanft rubble ich die Bleistiftlinien mit einem Radiergummi weg. Wehmütig bei dem Gedanken, dich weggeben zu müssen, nehme ich aus einer Schublade einen Umschlag hervor. Du wirst dem Empfänger eine Freude machen. Gefällt dir der Gedanke? Dann können wir uns beide glücklich schätzen. Ohne dich hätte ich kein Geschenk und ohne mich wärst du immer noch ein leeres Blatt Papier.

Ohne Worte

„Nein, jetzt gibt es nichts mehr. Du hast schon gehabt!"

Kaum ausgesprochen, tun Tanja die strengen Worte leid, die ihr leichtfüßig über die Lippen gesprungen sind. Was soll die Machtdemonstration dem kleinen Kerlchen gegenüber, das ruhig vor ihr sitzt? Sie kennt den Grund: Ihr Tag war mit Missgeschicken gepflastert, und ihre gute Laune verharrt im Keller. Ist heute einer dieser Tage, an dem sie als Verliererin das Spielfeld verlassen wird? Leo jedenfalls nicht, der seine Enttäuschung darüber, dass er keinen Happen bekommen hat, souverän wegsteckt. Tanja ärgert sich, dass sie sich nicht unter Kontrolle hat und ihren vierbeinigen Liebling ihre lausige Stimmung spüren lässt. Und warum macht sie jetzt nicht einen Schritt auf ihn zu? Streicht ihm über sein schwarz glänzendes Langhaarfell, das von grauen Strähnen durchzogen ist. Krault ihn hinter den Ohren, um ihn stumm um Verzeihung zu bitten. Stattdessen bleibt sie in der Küche unbeweglich vor ihm stehen und schaut in seine kastanienbraunen Augen, die eine Wärme und Unschuld aussenden, dass sie sich noch miserabler fühlt. Vergeblich sucht sie darin nach einem versteckten Betteln, das ihr Verhalten gerechtfertigt hätte. Leo hält ihrem Blick stand, zuckt mit keiner Wimper.

„Das ist jetzt mein Nachtessen, hörst du!" sagt sie und zeigt auf die Anrichte. Schäbig kommt sie sich vor. Schäbig im Wissen, dass er keinen Leckerbissen ergreifen kann, wenn ihm danach ist. Tanja wird wieder deutlich bewusst, wie abhängig er von ihr ist. Zum einen ist da die verschlossene Kühlschranktür, die ihm nicht die geringste Chance einräumt. Zum anderen wird er eine Delikatesse, steht der Teller in seiner Reichweite, nur mit eiserner Disziplin hypnotisieren, obwohl sein empfindliches Riechorgan Witterung aufgenommen, seine Geschmacksnerven aktiviert und Lustgefühle in ihm geweckt hat. Welche Qual! Der Drang, in einem unbeobachteten Moment danach zu schnappen, würde an Tanjas konsequenter Erziehung scheitern. Schon früh hat sie dem kleinen Fellknäuel das unermüdliche Hochspringen an ihrem Hosenbein, verbunden mit japsenden Geräuschen, um seinem Willen Nachdruck zu verleihen, abgewöhnt. Leo lässt sich seine innere Zerrissenheit nicht anmerken. Aber er kann sie nicht täuschen. Jeder seiner Muskeln ist wie bei einem Raubtier angespannt, um vorzupreschen und die Beute zu packen, sollte Tanja ihm mit einem Stück seiner Begierde vor seiner Nase herumwedeln. Ob er sich den Bauch kurz zuvor vollgeschlagen hat oder nicht, ist nicht relevant. Insgeheim fragt sich Tanja, wie lange es dauern

wird, bis das durchtriebene Kerlchen zu seiner perfiden Erpressermethode greift, die jedes Mal zum Erfolg führt. Dass ihr Hund intelligent ist, hat er in den letzten Jahren bewiesen, und das erfüllt sie mit Stolz. Doch was für Gedankengänge ihn eines Tages zu dieser genialen Idee bewogen haben, wird wohl für immer ein Rätsel bleiben. Wenn der Duft zu verführerisch oder er des Wartens überdrüssig geworden ist, holt Leo ein Plüschtier oder sonst einen Gegenstand aus seiner Spielkiste, wirft dies mit einer eindrücklichen Kopfbewegung vor ihre Füße, und ihr Vorsatz löst sich in Sekundenschnelle in Luft auf. Bevor sich Leo zu dieser Aktion entschließen kann, sagt sie: „Du kannst noch so lieb schauen. Auch wenn deine dunklen Pupillen die Raffinesse einer zartschmelzenden Schokolode aussenden, es geht nicht, Leo."
Diese Abfuhr genügt ihr nicht, nein, sie muss noch einen Seitenhieb austeilen:
„Du wirst sonst zu dick!"
Was redet sie für einen Unsinn? Schuldgefühle kommen in ihr hoch. Auch wenn er ihre Worte nicht eins zu eins übersetzen kann, wird er deren Bedeutung an ihrem Tonfall und ihrer Haltung verstehen. Da er das abendliche Ritual kennt, wird er geduldig warten, bis sie die Küche mit dem Tablett verlassen hat. Dann wird er sich in respektvollem Abstand vom Esstisch

niederlassen und sie mit aufgewecktem Blick fixieren. Und warten. Und sie? Sie wird während des Essens genüsslich die Zeitung lesen und ihn ab und zu aus den Augenwinkeln beobachten. Dabei wird sie feststellen, dass er heimlich einige Zentimeter näher gerückt ist. Geräuschvoll wird er ein- und ausatmen, um Beachtung zu erhaschen und ihr stumm sein Leid zu klagen. Seine mittlerweile grauen Augenbrauen werden zucken und seine Angespanntheit verraten. Aber er wird sich weder von Nachbars Katze, sollte er sie durch die Terrassentür erspähen, ablenken lassen, noch wird er sich von der Stelle bewegen, sollte die Türglocke die Stille zerreißen und Abwechslung ankündigen. Tanjas Magen knurrt, sodass sie zwei Wurstscheiben auf ein Stück Brot legt und herzhaft hineinbeißt. Ist es nur Einbildung? Sie fühlt sich gleich besser. Kauend sagt sie:

„Das ist jetzt für mich, verstehst du."

Wie so oft redet sie sich auch jetzt frei von Schuld, da ihre Hartnäckigkeit ausschließlich seinem Wohlbefinden gilt. Unmerklich schüttelt sie den Kopf, denn sie belügt sich wieder einmal selbst. Tanja ignoriert Leo, als sie die Salatblätter rupft und die Sauce auf der Anrichte zubereitet. Was Leo wohl macht? Sitzt er noch an derselben Stelle, abwartend, ob sich zu seinen Gunsten etwas ändern wird? Oder hat er sich beleidigt auf den Schlafplatz zurückgezogen? Ein

Schmunzeln kann sie sich nicht verkneifen. Insgeheim würde er die Ohren spitzen und darauf warten, dass sie seinen Namen ausspricht, flüsternd nur, um in null Komma nichts vor ihr zu stehen. Nachtragend ist kein Hund. Er würde vor freudiger Erwartung hecheln, wobei die nach hinten gezogenen Lefzen ein Lächeln in seinem Gesicht andeuteten. Dann würde sie ihn mit einem Happen belohnen. Ein Hauch von Melancholie streift Tanja. Ihr Freund ist älter geworden. Wenn Leo mal nicht mehr ist? Mit wem wird sie Zwiesprache halten im Wissen, dass ihr Gegenüber ihr zuhört, ohne einen Kommentar abzugeben? Sie wird nicht nur die täglichen Rituale vermissen, sondern auch sein liebevolles Wesen, seine Treue und bedingungslose Liebe. Leo hat „Platz" gemacht, der Blick ist noch derselbe.

„Wir machen später noch einen schönen Spaziergang, das verspreche ich dir. Es ist ein herrlicher Sommerabend."

Noch bevor sie sich zu ihm hinunterbeugt, setzt er sich auf und streckt ihr unaufgefordert seine Pfote entgegen. Seine Rutenspitze wischt über den Boden. Das Strahlen in seinen Augen erreicht ihr Innerstes. Sie hält ihm eine zusammengerollte Wurstscheibe hin, die in Sekundenschnelle in seinem Maul verschwunden und verschlungen ist. Wo bleibt der Genuss? Tanja lächelt und streichelt ihm zuerst das

Kinn, dann seine Brust. Als Leo vor Wonne halb seine Lider schließt und den Kopf leicht zu ihr neigt, geht Tanja das Herz auf.

Im Wörterstrudel

„Kommst du, Fabian?"

„Gib mir zwei Minuten", murmle ich in Richtung meiner Freundin, strecke mich auf dem Strandtuch aus und verschränke die Arme hinter dem Kopf. Mein Blick schweift zum wolkenlosen Himmel. Langsam fallen mir die Lider zu. Es ist nur ein Moment der Unachtsamkeit, des Durchhängens meinerseits, und schon ergreifen Wörter die Gelegenheit. Wirbeln in meinem Kopf herum wie Geister, die zu nächtlicher Stunde aus den Ritzen der Holzbalken huschen, um auf dem Dachboden zu tanzen. Es werden immer mehr. Will ich sie mit einem Gedanken verscheuchen, die Geister, die ich nicht gerufen habe? Mich ärgert ihre Impertinenz, mit der sie meinem Unterbewusstsein entsteigen, ohne mich zu fragen. Sie bitten mich nicht um Erlaubnis, denn einige müssten damit rechnen, dass ich sie in ihre Schubladen zurückweise. In die Schubladen der Enttäuschungen, der Missverständnisse, des Leichtsinns, ... Ich könnte sie auch in eine dunkle Ecke drängen und nicht mehr beachten, wie ich es oft in meinem Leben getan habe. Dort müssten sie verharren, und mit der Zeit legte sich der Schleier des Vergessens über sie. Doch ich habe keine Gewähr, dass sie nicht hervorkriechen oder sich eine andere Schublade öffnet und Wörter herauspurzeln, die ich nicht hören will. Die mich Bilder assoziieren lassen, die ich nicht sehen will, und die Themen ansprechen, denen ich mich nicht stellen will. Denn ich allein will den Zeitpunkt dafür bestimmen.

Nun sind sie da, und ich wundere mich über ihre Vielfältigkeit und was sie in mir auslösen. Das Wort *Gurtenfestival* bringt mich zum Schmunzeln, denn es erinnert mich an mein erstes Openair mit meinen Kumpels. Nach einem intensiven Regentag versanken wir mit unseren Sneakers im Matsch, was unsere Euphorie nicht dämmen konnte. Bei *Georg* sehe ich meinen Großvater vor mir, der mit seiner Mundharmonika immer ein Lied auf den Lippen hatte. Schon taucht ein anderer Ausdruck auf, weckt mein Interesse und versetzt mich auf die Tribüne des letzten *Fußballspiels*. Kaum feuere ich meine Mannschaft an, drängen sich wieder andere Wörter nach vorne. Dicke Buchstaben verlassen die Gemeinschaft und kicken einen Spieler nach dem anderen wie Schachfiguren vom Feld. Es fällt mir schwer, mich auf ein Wort zu fokussieren. Anfänglich berauscht mich das Spiel. Ich teste meine Flexibilität. Provokative Wörter können mich nicht in Rage bringen. Vorher zerbrösle ich sie gedanklich in meinen Händen zu Staub. Doch dieses Hin und Her bringt mich ins Taumeln, und ich bereue, mich darauf eingelassen zu haben. Es kostet mich enorme Anstrengung, den Überblick zu behalten. Ich starte noch einen letzten Versuch, Struktur in das Chaos zu bringen, doch es ist nicht möglich. Die Wörter schwirren wie wild gewordene Bienen umher und sind nicht zu bremsen. Sie müssen sich verbündet haben, denn sie ignorieren meine Anweisungen. Ich fühle mich übergangen und brülle:

„Lasst eure Machtspielchen, gebt Ruhe! Verschwindet dorthin, woher ihr gekommen seid. Das Sagen habe ich, ich allein, ihr seid in meinem Kopf nur geduldet."

Ich suche die Tür, um diesem Theater den Rücken zu kehren. Habe ich die Orientierung verloren? Ich finde den Ausgang nicht. Hartnäckig und immer deutlicher drängt sich eine Szene in den Vordergrund. Doch ich will von diesem einschneidenden Erlebnis nichts mehr wissen, ich habe es verarbeitet. Mir wird mulmig zumute. Alles dreht sich um mich. Und ich höre ein Geräusch, das mich frösteln lässt. Ich höre es immer deutlicher. Wasserrauschen. Kühles Wasser umspült mich, nachdem ich den Sprung in den Fluss gewagt habe. Aber wo ist er? Verzweifelt versuche ich, über die Wellen zu blicken, doch von dem Vierbeiner, der soeben noch mit angstgeweiteten Augen um sein Leben paddelte, fehlt jede Spur. Ich werde von der Strömung mitgerissen und bemerke zu meinem Entsetzen, dass ich nicht mehr obenauf schwimme, sondern mich in einem Strudel befinde. Ich bin ein guter Schwimmer, doch der enorme Sog in dem Gewässer wird mir unheimlich. Mein Herz schlägt kräftiger. Ich halte den Atem an. Zwei oder drei Züge, dann bin ich wieder oben. Oder täusche ich mich? Das schwache Blau des Himmels sehe ich durch das fließende Gewässer verzerrt. Der Strudel dreht sich schneller, und einige Wörter sehe ich aufdringlich nah an meinem Gesicht vorbeikreisen: *Wagnis, überschätzt, versagt.* Als sie abtauchen, lassen sie mich als Schuldigen zurück.

Aufgeben? Meine Lieben nicht mehr sehen, meine Pläne nicht verwirklichen können? Dieser Gedanke versetzt mir einen Adrenalinschub und lässt mich nochmals einen Schwimmzug machen. Und noch einen. Etwas Orangefarbenes schwankt über mir, an dessen unterem Rand sich das Wasser wie zu einem Glasperlenstrang kräuselt. Ein Boot. Jemand beugt sich zu mir herunter, streckt mir einen Arm entgegen. Es rauscht in meinen Ohren. Und aus diesem Rauschen kristallisiert sich ein Rufen.

„Halten Sie sich fest."

Das Rauschen verschluckt einzelne Vokale. Jetzt höre ich es deutlich:

„Geben Sie mir Ihre Hand."

Sofort strecke ich meine Arme nach oben. Eine riesige Hand ist ganz dicht vor meinem Gesicht. Da taucht noch ein Gesicht auf und eine Hand. Kraftvoll packt mich ein Mann am Handgelenk, dann der zweite am anderen. Ich werde hochgezogen. Mein Kopf und die Schulter ragen aus dem Wasser. Ich schnappe nach Luft, sauge sie gierig ein. Ich weiß nicht, wie mir geschehen ist. Plötzlich sitze ich in einem Boot, in ein weiches Frotteetuch gehüllt. Die fremden Männer sagen kein Wort, wofür ich ihnen insgeheim dankbar bin. Jetzt sehe ich ihn in einiger Entfernung vor mir. Breitbeinig steht der Hund am Wiesenbord und schüttelt sich. Einmal, zweimal. Wasser spritzt in Fontänen aus dem Fell, das um seinen Körper wabbelt. Tief in mir wartet ein befreiendes Lachen auf Erlösung. Statt ihm nachzugeben, ziehe ich das Frotteetuch enger um mich. Wassertropfen rinnen mir vom Haar über die Stirn und die Wangen und vermischen sich mit meinen Tränen. Er hat es aus eigener Kraft geschafft. Wir haben beide nicht aufgegeben. Ich lächle schwach.

„Fabian!"

Wer ruft? Und was war das? Irritiert schlage ich die Augen auf. Kühle Tropfen spritzen mir ins Gesicht und auf den Oberkörper. Ich blinzle und halte eine Hand über die Augen. Meine Freundin steht neben mir, schaut auf mich herab und schüttelt ihr langes Haar. Die Tropfen glänzen im Sonnenlicht in den schönsten Regenbogenfarben. Unsere Blicke treffen sich. Ich habe ihr spitzbübisches Lächeln bemerkt. Wortlos wendet sie sich ab und schlendert barfuß über die Wiese. Hat das Tier aus seinem Fehler gelernt? Würde ich den Sprung wieder wagen? Ich weiß es nicht. Ich beuge mich nach vorne, stütze mich mit beiden Armen ab und beobachte die Gestalt, die gemächlich dem See zusteuert. Kokett ist ihr Blick, den sie mir über ihre Schulter zuwirft:

„Und? Traust du dich?"

„Aber hallo!" Ich grinse und schnelle vom Boden hoch. Sie beginnt zu laufen.

„Na warte!", rufe ich und renne ihr hinterher.

Wir erreichen gleichzeitig das Ufer, und stürzen uns mit einem Kopfsprung in den See. Als ich auftauche, wird mir wieder deutlich bewusst: Wasser ist und bleibt mein geliebtes Element.

Was bleibt

Läubli lässt sich in den Bürostuhl fallen, lockert die Krawatte und lehnt sich seufzend zurück. Ihm scheint, als drücke sein Körper schwer in den Sessel. Soeben hat seine Sekretärin die Tür leise hinter sich zugezogen, nachdem sie ihm alles Gute gewünscht hatte. Paul und André haben sich bereits am Mittag von ihm mit einem Schulterklopfen und „Man sieht sich", als käme er am Montag wieder, ins Wochenende verabschiedet. Der Schreibtisch ist aufgeräumt, der Computer heruntergefahren, die Dossiers samt Verantwortung abgegeben. Das war's. Was hält ihn hier noch?

Während er darauf wartet, dass die Stimmen im Gang verstummen, starrt er auf den Monitor. Unschuldig steht dieser da. Doch er hat Schuld auf sich geladen. Große Schuld. Er hat ihm, Läubli, seine Energie geraubt. Tag für Tag, Woche für Woche, Jahr für Jahr. Hat unerbittlich von ihm verlangt, ihn mit aktuellen Daten zu speisen. Hat ihn geradezu genötigt, ihn immer öfter auch am Wochenende zu bedienen. Dieses viereckige Monstrum hat ihn kontinuierlich ausgesaugt. Den Energiefluss, schon länger nur mehr ein dünnes Rinnsal, gänzlich zum Austrocknen gebracht. Läubli schließt die Augen. Namhaften Unternehmen als Berater zur Seite zu stehen, sich dabei mit den verschiedensten Branchen auseinanderzusetzen, war seine tägliche Herausforderung. Als Externer das Vertrauen der Menschen zu gewinnen, die eine Firma ausmachen, Strategien zu entwickeln, Klartext zu sprechen, wenn drastische Veränderungen angebracht waren, war der Adrenalinkick, den er wie die Luft zum Atmen brauchte. Doch schon länger verspürte er keine Euphorie mehr, wenn Unternehmen dank seiner Hilfe wieder schwarze Zahlen schrieben. Weil sein Privatleben dabei auf der Strecke geblieben war? Als seine Ehe in die Brüche ging, hat er sich noch tiefer in die Firmenstrukturen hineingekniet. So tief, dass er sich in den Tabellen und Kalkulationen verloren hat. Wie ein Roboter hat er funktioniert und sich dabei nicht mehr wahrgenommen. Gestern Abend hat sein Vorgesetzter ihn in sein Büro zitiert.

„Läubli, kümmere dich um deine Erholung, um in neuer Frische anzutreten. Ich rechne mit dir."

Ein Schauer kriecht ihm über den Rücken. Ihm kann der Chef nichts vormachen. Vor zwei Jahren hat er mit denselben Worten Flückiger die Hand geschüttelt. Nach dessen Zusammenbruch wurde diesem ebenfalls eine längere Auszeit nahegelegt. Er ist nicht wiedergekommen. Läubli hat sich nie erkundigt, welchen Weg der ambitionierte Angestellte eingeschlagen hat. Er öffnet die Augen und setzt sich gerade hin. Seine Finger trommeln auf die Tischplatte und durchbrechen die Stille. Wird sein Arbeitsplatz schon am Montag besetzt? Von einem Jüngeren? Wird er mit Mitte vierzig ausrangiert, diskret, ohne Aufhebens? Ein mulmiges Gefühl breitet sich in ihm aus. Ist es Zeit für einen Neubeginn? Wird er eine für ihn angemessene Tätigkeit finden? In seinem Alter? Läubli zieht nüchtern Bilanz: Auch er ist nicht unersetzlich. Wenn er geht, wird sich das Rad weiterdrehen. Junge, dynamische Mitarbeiter, den Bachelor noch druckfrisch in der Mappe, sind heute gefragt. Wenn die Raumpflegerin sein Büro verlassen hat, sind von ihm nicht mal mehr die Fingerabdrücke auf der Tastatur geblieben. Ihn fröstelt. Die Tagesstruktur wird weg sein, die ihm Halt gegeben hat.

Einer inneren Eingebung folgend beugt er sich vor, öffnet den Verschluss seiner Ledermappe und zieht aus einem Seitenfach einen USB-Stick hervor. Mit einem zynischen Grinsen legt er ihn vor sich hin. Enorm, diese Speicherkapazität in dem kleinen Metallgehäuse. Vielleicht verbirgt sich darin eine Lösung. Seine Augen verengen sich. Ihm nimmt man nicht ohne Konsequenzen seinen Lebensinhalt. Ihm nicht. Die Wörter *Datenklau, Gefängnis, Karriereende* kreisen in seinem Gehirn, sodass er abrupt aufsteht. Läubli lässt den Stick in die Hosentasche gleiten und geht zur breiten Fensterfront. Desinteressiert wirft er einen Blick auf die vierspurige Straße. Und wenn er sich selbständig macht? Datenklau bleibt Datenklau. Es klopft, und die Tür schwingt auf. Aus den Augenwinkeln sieht Läubli seinen engsten Vertrauten eintreten.

„Schön, dass ich dich noch antreffe."

Der Mann schließt die Tür hinter sich.

„Ich hatte noch einen Außentermin und blieb im Stau hängen. Es ist immer dasselbe."

Er bleibt neben Läubli stehen, nimmt ein Stofftaschentuch aus der Hosentasche und beginnt, seine Brillengläser zu wischen. Es herrscht einen Moment Stille im Raum. Nach einem kurzen Durchblick aus der Distanz setzt er die Brille wieder auf und steckt das Tuch ein. Mit verschränkten Armen schaut er ebenfalls hinunter auf das Treiben in der Straße.

„Du sagst es: Immer dasselbe", bricht Läubli das Schweigen und fährt monoton fort:

„Schau sie dir an, die Menschen auf dem Gehsteig. Wie emsige Ameisen wuseln sie aneinander vorbei. Tag für Tag, Woche für Woche, Jahr für Jahr. Und was bleibt?"

Läubli wendet den Kopf und deutet mit einer Hand auf seine Stirn.

„Leere ist hier drin, Martin, und die macht mir Angst."

Resigniert schaut er wieder zum Fenster hinaus.

„Du bist ausgebrannt, deshalb die Leere", sagt Martin.

„Die Auszeit wird dir guttun, glaube mir. Dann tauchst du mit Elan wieder in die Businesswelt ein."

Martin wirft einen Blick auf die Armbanduhr.

„Warum kommst du nicht wieder mal mit ins Tessin? Ich fahre noch heute Abend mit der Familie ins Wochenendhaus. Es wird ruhig werden, denn wir erwarten keine Gäste, und …"

„Ist es nicht paradox?", fällt ihm Läubli ins Wort.

„Jetzt muss ich Veränderungen akzeptieren lernen, die ich bis jetzt mit einer Selbstverständlichkeit von meinen Klienten verlangt habe."

Er dreht sich zu Martin um.

„Danke für dein Angebot, gerne ein anderes Mal. Gehen wir!"

Läubli schnappt sich seine Mappe.

„Hast du Pläne am Wochenende?" fragt Martin und hält ihm die Tür auf.

„Morgen Abendessen bei meiner Schwester. Dann habe ich meinem Neffen versprochen, mit ihm den Fußballmatch am Fernsehen zu verfolgen."

Läubli drückt die Taste neben dem Lift.

„Das ist gut. Weißt du was, ich rufe Eliane an und sage ihr, dass ich etwas später komme, dann gehen wir noch auf einen Drink zu Giovanni. Und keine Widerrede. Für mich gibt's allerdings nur ein Wasser." Wortlos betreten sie den Lift.

„Die Frage, was bleibt, beschäftigt dich", sagt Martin und tippt sich an die Schläfe.

„Hier drin ist unser Knowhow. Jederzeit abrufbereit. Diese Erfahrungen müssen sich die jungen Schnösel erst erarbeiten."

Martin drückt die Taste für Ausgang und fragt: „Welche Mannschaften spielen morgen gegeneinander?"

Die Tür schließt sich geräuschlos. Läubli lehnt sich an die Wand, schaut durch sein Gegenüber hindurch und umklammert den Stick in der Hosentasche.

Der Feigling

Auch heute treffen sich die beiden Freunde am Feier-
abend im Pub um die Ecke, das ab siebzehn Uhr geöffnet hat. Wortlos sitzen sie an der blankpolierten
Theke, während sich im Hintergrund eine rauchige
Jazzstimme um Aufmerksamkeit bemüht. Barkeeper
Joe beginnt schweigend, nach einem kurzen Taxieren
seiner Stammgäste, mit der Halbierung der Limetten.
Das lasergeschliffene kleine Messer sicher in der einen Hand, schnappt er sich aus der Glasschüssel eine
grün glänzende Kugel nach der anderen.

Andreas nippt an seinem Martini. Giulio stiert, die
Krawatte bereits gelockert, in sein zweites Glas Cam-
pari Orange, das er haltsuchend mit beiden Händen
umklammert. Muss er sich Mut antrinken, fragt sich
Andreas. Verständlich wäre es. Die Handlung, die
zum finanziellen Desaster seines Freundes geführt
hat, versteht er bis heute nicht. Vor ein paar Tagen
sind sie zusammengesessen und haben Giulios wirt-
schaftliche Situation auseinanderdividiert, die Puzz-
leteile analysiert, hin- und hergedreht, sie zusammengeschoben und sind einstimmig zu dem Ergeb-
nis gelangt: Giulio muss Farbe bekennen. Er hat sich
in das Schlamassel selbst hineinmanövriert, und mit
Mitte dreißig sollte er die Größe besitzen, dazu zu ste-

hen. Um die letzten Zweifel in dieser Hinsicht auszuräumen, hat Andreas heute in der Mittagspause, bei kaltem Roastbeef und Spargelsalat, seinem Freund das Messer auf die Brust gesetzt:

„Mein Lieber, heute Abend wirst du die Karten offen auf den Tisch legen. Die Wahrheit duldet kein Verschieben mehr, das hat Denise nicht verdient. Ansonsten kündige ich dir unsere langjährige Freundschaft. Und ich meine es ernst."

Giulio hat sich, nach einem kräftigen Schluck Rotwein, lässig zurückgelehnt und ihm mit seinem unwiderstehlichen Lächeln versichert, dass er diesen Abend dazu bereit ist. Die beiden Freunde waren sich, was Frauen betraf, nie ins Gehege gekommen. Doch seit Giulio Denise kennen gelernt hat, hat sich Andreas des Öfteren gefragt, ob er das Recht hat, sich in die Liebesbeziehung einzumischen. Er fühlt sich verpflichtet, seinen Freund vor absehbaren Folgen zu warnen, wenn er weiterhin den Kopf in den Sand steckt. Denn der Hauptgrund, warum er sich in den letzten Tagen den Mund fusselig geredet hat, ist weiblich, verströmt einen Liebreiz, dass ihm jedes Mal schwindlig wird, und ist die Aufrichtigkeit in Person. Andreas kann es nicht zulassen, dass sein Freund Denise weh tut. Lange hat er den Gedanken, sich in sie verliebt zu haben, ignoriert. Doch Amors Pfeil hat ihn mit Intensität getroffen, als Giulio ihm seine Freundin vorgestellt hat. Das sind nun genau zwei Jahre, einen Monat, fünf Tage und, er schaut auf die Uhr, eine Stunde her. Ob sie je etwas bemerkt hat? Andreas hat sich seither von Giulio distanziert, um das junge Glück nicht zu stören und weil dessen Anblick schwer zu ertragen war. Es ist sechs Uhr vorbei, und langsam füllt sich das Pub. Denise müsste jeden Moment kommen. Aufmunternd klopft er Giulio auf die Schulter.

„Nur Mut."

Hoffentlich wird er jetzt nicht schwach. Für eine Sekunde empfindet er einen Hauch von Mitleid, als er in den gequälten Gesichtsausdruck seines Freundes blickt. Ein völlig gebrochener Mann sitzt neben ihm. Ist das derselbe von heute Mittag? Wie muss er sich erst fühlen, sollte ihm seine Verlobte tatsächlich den Laufpass geben? Dann wäre Andreas wieder gefragt, um ihn aufzubauen. In den Schoß der Familie würde er kaum flüchten, das ließe sein Ego nicht zu. Andreas kennt seinen Freund. Giulio mag gegenüber Außenstehenden einen urbanen Eindruck erwecken, denn er verkörpert das Klischee eines erfolgreichen Anwalts: Teure Maßanzüge, die schwarzen Haare mit Gel nach hinten geglättet, und die italienischen Lederschuhe glänzen mit seinem Zahnpastalächeln um die Wette. Sein sicheres Auftreten, seine eloquenten Reden - einige Male schon ist er nach einem Prozess vor die Fernsehkameras getreten - rundet das Erscheinungsbild ab. Nur der abstehende kleine Finger beim Trinken trübt das Gesamtbild. Doch die Fassade täuscht. Andreas kennt die andere Seite der Lichtgestalt: Giulio ist zartbesaitet. Er erinnert sich, wie sein Freund alles stehen und liegen ließ und nach Italien fuhr, um seine schwer kranke Nonna zu besuchen. Geweint hat er und war zwei Tage nicht ansprechbar, als seine Katze überfahren wurde. Und ein wichtiges Attribut kommt noch hinzu: Er ist mit Haut und Haaren Italiener, seiner Heimat eng verbunden. Die Familie steht an erster Stelle. Andreas hat oft versucht, seinem Freund bei der Abnabelung zu helfen. Doch den Einfluss seiner warmherzigen, aber resoluten Mama auf ihren Jüngsten hat er unterschätzt. Andreas nickt einem Bekannten zu. Die Musik scheint sich dem zunehmenden Geräuschpegel mit höheren Dezibel anzupassen.

„Das wird schon, Giulio. Hab Vertrauen. Denise wird dich verstehen."

„Hör auf, mich wie ein Kind zu behandeln!", schnauzt dieser. Stimmt, das tut schon deine Mutter, denkt Andreas und hebt abwehrend beide Hände. „Ok, ok."

Giulio hockt angespannt auf dem Barhocker und streicht sich einmal über das dichte Haar. Dabei blickt er in Richtung Ausgang und hält abrupt in seiner Bewegung inne. Nervös stupft er Andreas mit einem Ellbogen an:

„Achtung, sie kommt!", flüstert er, stürzt das Glas an die Lippen und nimmt einen kräftigen Schluck. Denise peilt lockeren Schrittes die Glastür an. Was hat dieser Vollidiot für ein Glück und ist nahe daran, es wegzuwerfen. Und wofür? Weil er den Hals nicht vollkriegen kann. Einen todsicheren Tipp habe er bekommen, er musste die Gelegenheit nutzen. Andreas hat ihm gehörig die Meinung gesagt, worauf Giulio tagelang nichts von sich hören ließ. Als Denise sie vom Eingang her erblickt, hellt sich ihr Gesicht auf. Sie umrundet die Theke und schiebt sich an den plaudernden Gästen vorbei. Ahnt sie wirklich nichts? Obwohl Andreas nicht lange bleiben will, zieht er sein Jackett aus und legt es hinter sich auf die niedrige Lehne. Ihm ist, als gehe in dieser schummrigen Bar die Sonne auf, kaum dass diese Frau lächelnd das Parkett betritt. Warum hat Denise nicht einmal schlechte Laune? Er könnte ihre Anwesenheit besser ertragen. Andreas widmet sich seinem Drink. Ob Giulio Wort hält? Es ist doch ganz einfach, hat er ihm erklärt und den Text vorgesagt:

„Liebling, ich habe mich verspekuliert, mein ganzes Vermögen ist weg."

Punkt, das war's. Ein Satz und fertig.

„Ich habe Angst, sie zu verlieren, Mann, verstehst du das nicht? Wer will mit einem Loser zusammen sein?"

Pure Verzweiflung lag in seiner Stimme. Natürlich versteht ihn Andreas, und doch auch wieder nicht. Denise muss die Wahrheit von ihm direkt erfahren. Sie wird über den Schock hinwegkommen, denn sie ist eine starke Frau. Und sie liebt Giulio und nicht sein Vermögen! Andreas kribbelt es am ganzen Rücken, denn in ihm keimt plötzlich ein schlimmer Verdacht. Hat Giulio ihr Erspartes an der Börse eingesetzt? Ist sein Zögern damit zu erklären? Giulio steigt vom Hocker und breitet mit einem charmanten Lächeln die Arme aus:

„Ciao, mi amore."

„Hallo, Schatz."

Sie küssen sich.

„Grüß dich, Andreas."

Andreas' Umarmung fällt etwas steif aus, doch den Duft ihres Parfums hat er wahrgenommen. Umwerfend sieht sie wieder aus. Um einen kühlen Kopf zu bewahren, denkt er an die bevorstehende Reise. Drei Monate wird er geschäftlich im Ausland weilen.

„Was möchtest du trinken?"

Giulios Lockerheit wirkt gekünstelt.

„Deinen geliebten Manhattan oder einen Bloody Mary? Wie war dein Tag?"

Gentlemanlike hilft er ihr aus der Jacke.

„Einen trockenen Weißwein gerne. Geht's euch gut?"

„Du kannst dich hierhin setzen", sagt Andreas.

„Ich muss mich eh verabschieden, ich hab noch was vor."

Wie leicht ihm die Lüge über die Lippen fließt.

„Das kannst du mir nicht antun, Andreas. Ich bin doch erst gekommen. Wir sehen uns viel zu selten."

Und zu Giulio gewandt sagt sie:

„Hast du es ihm schon erzählt?"

Ohne eine Antwort abzuwarten, zieht sie aus ihrer Handtasche ein Kuvert hervor und legt es auf den Tresen.

„Da ist er endlich."

Sie gibt überschwänglich ihrem Freund einen Kuss auf die Wange:

„Jetzt können wir es ja ihm sagen."

Andreas schaut fragend zuerst zu Denise und dann zu seinem Freund, der sich in seiner Haut sichtlich unwohl fühlt.

„Was habt ihr für ein Geheimnis?"

„Ich habe endlich Räumlichkeiten gefunden für mein eigenes Atelier, und da drin ist er, der Mietvertrag".

Sie klopft mit den Fingern auf den Umschlag.

„Ich habe schon unterschrieben. Jetzt gibt es einiges zu investieren, und", sie streicht Giulio zärtlich über

die Wange, „dieser liebe Mensch hier ist eine Bürg-
schaft eingegangen für den nötigen Kredit."

Während Giulio den Weißwein bestellt, schluckt Andreas einmal leer und sagt:

„Dann gratuliere ich dir, Denise, das freut mich für
dich. In die Selbständigkeit zu gehen war ja schon
lange dein Traum."

„So ist es. Ach, ich habe jetzt so viel zu planen. Regale
bestellen, einen Arbeitstisch, und …", ihre Augen
leuchten, „und Stoffe, viele Stoffe. Ich bin ganz aufgeregt. Darauf müssen wir anstoßen. Ich muss nur
schnell für kleine Mädchen".

Sie packt das Kuvert wieder in die Handtasche und
zwinkert den beiden Männern lachend zu:

„Nicht weggehen."

Als sie sich entfernt, spricht Giulio hastig, da er Andreas grimmigen Blick richtig deutet:

„Jetzt ist die Katze aus dem Sack."

Er legt eine Hand auf die Schulter seines Freundes
und fleht mit zusammengezogenen Augenbrauen:

„Ich werde es ihr sagen, ganz sicher. Aber nicht jetzt,
nicht heute Abend. Bitte Andy, sie ist so glücklich."

Andreas blickt sich im Pub um. Whisky ist flüssiges
Sonnenlicht. War das von Georg Bernhard Shaw?

„Ich weiß nicht, was du nimmst, aber ich brauche
jetzt was Starkes", sagt er und schnippt mit den Fingern:

„Joe, einen Whisky."

Und zu seinem Freund gewandt raunt er:

„Feigling."

Geflüster beim Oleanderbusch

„Oh, Michael, ich weiß nicht, was ich sagen soll", haucht die junge Frau leicht außer Atem und wischt sich mit der Stulpe am Handgelenk den Pony aus der Stirn. „Ich … ich bin überrascht."
Ihre Miene verrät Unbehagen. Evelyne ist ungeschminkt, und ihre Gesichtshaut glänzt. Mitten auf dem blauen Top zeichnen sich Schweißflecken ab.
„Sag einfach ja", meint der Mann, der vor ihr neben einer Parkbank auf dem Boden kniet. Er hält ihr mit einem charmanten Lächeln auf den Lippen eine geöffnete Schmuckschatulle hin. Der Solitärring funkelt trotz des spärlichen Sonnenlichts. Das blaue Lederkästchen wirkt wie ein Fremdkörper in seiner Hand. Es passt weder zu seiner muskulösen Statur noch zu seiner Frisur, einem locker zusammengebundenen Dutt, aus dem einige Haarsträhnen abstehen. Mit erhobenem Kopf und erwartungsvollem Blick verharrt Michael in der ungewohnten Position. Vögel zwitschern munter in den Baumkronen, und aus der Ferne dringt das Dröhnen des Morgenverkehrs in den Park.
„Bitte steh auf, das ist mir unangenehm", bricht Evelyne das Schweigen, während sie nervös um sich blickt. Sie scheinen alleine zu sein.
„Wenn du meinst."

Michael erhebt sich. Mit der freien Hand wischt er sich den Staub von der Trainingshose. Er räuspert sich und schaut seiner Angebeteten, die er um eine Kopflänge überragt, tief in die Augen:

„Liebe Evelyne, wir gehen nun schon drei Jahre, zwei Monate und acht Tage gemeinsame Wege. Wir sind ein eingespieltes Team, ich liebe dich, und so frage ich dich noch einmal: Willst du meine Frau werden?"

Sein Blick ist ernst, und in seinen hellgrauen Augen spiegelt sich eine Nuance von Unsicherheit. Sie tritt einen Schritt von der Bank weg und drückt an ihrem schwarzen Fitnessarmband herum. Gelassen macht sie ein paar Dehnübungen, ihr Pferdeschwanz wippt dabei hin und her. Dann winkelt sie ein Bein an, streckt die Arme in die Höhe und legt die Hände aneinander.

„Hallo?", fragt Michael, hebt eine Augenbraue und neigt den Kopf zu ihr hinab.

„Schau mich an, Evelyne, bitte. Ich mache dir gerade einen Heiratsantrag, klassisch mit Kniefall und einem Ring. Also was soll jetzt dieses yogaähnliche Ablenkungsmanöver? Wenn du Bedenkzeit brauchst, dann sag es mir!"

Als müsste der Himmel seine Meinung kundtun, gibt er ein tiefes Grollen von sich. Michael schaut kurz hoch.

„Überdies beginnt es gleich zu regnen."

Immer mehr dunkle Wolken schieben sich am Himmel zusammen.

„Sagt der Wetterprofi."

Evelyne verharrt immer noch in der gleichen Stellung und schaut auf den Oleanderbusch, dessen zartrosa Blüten einen starken Kontrast zu der feuerrot glänzenden Bank abgeben. Ein geheimnisvolles Lächeln liegt auf ihren Lippen. Michael lässt die Schmuckschatulle zuschnappen und in der Hosentasche verschwinden.

„Ganz sicher gibt es Regen, und das in den nächsten Minuten. Ich muss es schließlich wissen."

Jetzt schaut auch er sich im Park um, während er mit einer Hand einmal über seinen Nacken fährt.

„Ja, du kannst den Regen voraussagen, den Niederschlagsverlauf, die Windgeschwindigkeit berechnen, und was weiß ich alles Komplizierte."

„Und? Was willst du damit andeuten?"

Auf Michaels Stirn zeigt sich eine Furche.

„Aber meine Gefühlslage richtig zu interpretieren liegt dir fern."

„Jetzt mach mal halblang!"

Seine Tonlage verschärft sich um eine Spur. Er stützt beide Hände in die Hüften.

„Bevor wir das Haus verlassen haben, war alles noch o.k. Was bist du jetzt so …?"

„Zickig? Willst du das sagen?"

Seine Nasenflügel beben. Michael atmet einmal tief durch und bemüht sich, ruhig zu bleiben:

„Ich habe dich extra zu dieser Stelle geführt, wo Amor mit seinem Pfeil steht."

Er deutet mit dem Kopf auf die Säule mit der Skulptur, leicht verdeckt durch den Oleander.

„Ein idealer Ort, um …"

Evelyne nimmt die Hände runter und stützt sie ebenfalls in die Hüften.

„Ich habe vorgeschlagen, hier kurz innezuhalten. Du wusstest nicht mal, dass der Liebesgott hier steht."

„Das ist nicht wahr. Genau hier an dieser Stelle habe ich geplant, dir einen Antrag zu machen."

„Also war es keine spontane Idee, wie du behauptet hast."

„Habe ich nie behauptet. Wie kommst du darauf? Logisch jogge ich nicht mit einem teuren Ring …"

„Das hättest du jetzt nicht erwähnen müssen!", fuhr sie ihm gereizt dazwischen.

„Was?"

„Dass der Ring teuer ist. Damit setzt du mich unter Druck, lässt mir keine Wahl …"

„Hör mir einfach mal zu. Aber das gehört ja nicht zu deinen Stärken. Natürlich bin ich mit der Absicht hierhergekommen, dir einen Antrag zu machen. Und ich habe erwartet, dass du ihn annimmst. Unter

Druck setz' ich dich sicherlich nicht", schnaubt er. Ihre Blicke treffen sich.

„Ich habe immer gedacht, meine Freundin ist eine Taffe. Die mag es gerne unkonventionell, nicht spießig. Ohne Rosenstrauß, Nachtessen und so."

Michael lässt sich auf die Bank nieder und streckt seine langen Beine. Enttäuscht blickt er auf die in voller Blüte stehenden Hortensiensträucher am Ende des Rasenstücks.

„Und so? Erklär das!"

„Du weißt genau, was ich meine. Vielleicht noch ein Gedicht zwischen Hauptgang und Nachspeise."

Evelyne schaut versunken in den Himmel, als warte sie auf ein Zeichen von höchster Stelle. Lakonisch sagt sie:

„Warum nicht? Anscheinend kennst du mich nicht gut genug. Ich bin in dieser Angelegenheit konservativ."

Sie betrachtet sein Profil und ihr Herz schlägt kräftig.

„Ich liebe das Traditionelle, und ich habe mir schon als kleines Mädchen einen Antrag in romantischer Atmosphäre gewünscht."

„Ach ja? Vergiss die Vorstellung. Ich gehe jetzt nach Hause."

Er steht auf und deutet mit einer Kopfbewegung auf ihr Handgelenk:

„Du kannst ja noch eine Runde drehen, wenn du dein Pensum nicht erfüllt hast. Es tröpfelt eh schon."

Wieder ein Donnergrollen.

„Wie ich gesagt habe."

Michael steckt sich die Kopfhörer in die Ohrmuscheln und würdigt sie keines Blickes, als er sich in die Richtung dreht, aus der sie gekommen sind. Wieder hat Evelyne dieses geheimnisvolle Lächeln auf den Lippen, als sie ihn am Arm packt.

„Halt, Michael, lauf nicht davon!"

Er bleibt abrupt stehen. Mürrisch zieht er einen Ohrstöpsel raus und dreht sich zu ihr um.

„Was jetzt?"

Ein feiner Nieselregen setzt ein.

„Na super!", meint er gereizt.

„Auf diesen Moment habe ich gewartet, Liebling." Evelyne tritt nahe an Michael heran. Er nimmt den anderen Ohrstöpsel aus dem Ohr. Sie blickt zu ihm auf und schenkt ihm ihr bezauberndstes Lächeln.

„Meine Großmutter und meine Mutter haben im Regen bei einem Oleanderbusch einen Heiratsantrag bekommen", sagt sie mit samtweicher Stimme.

„Und beide sind immer noch glücklich verheiratet. Das ist ein gutes Omen, habe ich mir gesagt."

Sie blinzelt, lässt die Tropfen vom Wimpernrand abperlen und flüstert:

„Ich mag es, wenn es regnet. Machst du mir nochmals einen Antrag? Ich verspreche dir, diesmal werde ich Ja sagen."

Ein Grinsen breitet sich auf seinem Gesicht aus.

„Du bist unmöglich, weißt du das?"

„Ich weiß", sagt Evelyne, tritt dicht an ihren Liebsten und umschlingt seine Mitte mit ihren Armen. Aus ihren Augen sprüht ein Glanz, als hätten sie die letzten Sonnenstrahlen eingefangen. Michael greift mit zwei Fingern unter ihr Kinn und hebt es hoch. Ihre Blicke verschmelzen ineinander. Bevor sie sich küssen, schließen die Verliebten ihre Augen. Als müsste der Himmel ob dieser rührenden Szene weinen, öffnet er seine Schleusen. Ein Platzregen setzt ein.

Jean-Jacques

„Den Namen will ich nicht mehr hören!", sagt Yvette und greift zur Porzellantasse auf dem Glastisch. Ihr Blick schweift über das Deckblatt eines Healthy-Body-Magazins, auf dem ihr eine junge Frau mit Traummaßen selbstbewusst entgegenlächelt. Sogleich zieht sie den ausgestreckten Arm zu den Petit Fours auf der Silberschale zurück.

„Aber er klingt so samtig, so vielversprechend: Jean-Jacques" haucht Marisa. Sie steht mit dem Rücken zur großen Fensterfront und nestelt mit verklärtem Blick an ihrer Halskette herum.

„Hör auf, dieser Typ ist Geschichte! Hast du selbst gesagt. Ein Macho, ein … ein selbstverliebter Gockel ist er", schnaubt Yvette und verkneift sich in der letzten Sekunde den Anhang: … und noch dazu zehn Jahre jünger als du. Sie nippt am dampfenden Tee und beobachtet ihre Freundin, die seit drei Jahren bei der Neunundreißig stehen geblieben ist. Neben den entspannten Gesichtszügen fällt ihr ein verräterisches Glitzern in ihren Augen auf. Überhaupt wirkt sie so jugendlich mit ihrer neuen Kurzhaarfrisur. Dabei ist es erst wenige Wochen her, dass Marisa bleich und mit gebrochenem Herzen vor ihrer Tür gestanden ist.

„Du gehst mit Jean-Jacques hart ins Gericht. Er hat durchaus seine Qualitäten. Jetzt kannst du es ja zugeben, Yvette: Du warst ein bisschen eifersüchtig auf ihn. Dein Hubert in allen Ehren, aber …" „Eifersüchtig? Auf diesen Fitness-Freak? Das ist jetzt nicht dein Ernst!", empört sich Yvette, stellt die Tasse auf den Unterteller und fixiert ihr Gegenüber.

„Marisa, als deine Freundin ist es meine Pflicht, mit dir Klartext zu reden! Er hat dich nur ausgenutzt. Du hast die Beziehung beendet, und das war vernünftig."

Sie steht auf und umrundet die weiße Sitzgarnitur.

„Ich gebe Dir einen guten Rat", sagt sie, während sie in die Vitrine mit den unzähligen Katzenfigürchen schaut.

„Streich den Namen endgültig aus deinem Wortschatz."

„Weißt du, Yvette, ich habe sie wieder gespürt, die Leidenschaft, die jegliches normale Denken und Handeln ausschaltet. Jeder Tag mit diesem Mann war aufregend, so voll Power. Sag ehrlich, vermisst du dieses Gefühl nicht?"

Yvette dreht sich zur Fensterfront und schiebt nachdenklich ein paar Strähnen aus ihrem Gesicht. „Du findest mich also langweilig?"

„So habe ich das nicht gesagt. Aber ja, denn ich kenne dich seit über zwanzig Jahren. Du hast dich verändert."

Yvette setzt sich wieder, lehnt sich zurück und legt einen Arm auf die Lehne.

„Erzähl, ich bin ganz Ohr."

„Du hast in der Ehe deine Spontaneität, deine Lässigkeit abgelegt. Ich verstehe ja, wenn man lange verheiratet ist, ist man im Hamsterrad der Routine gefangen. Aber so ein …", Marisa schnalzt mit den Fingern, „ein Quäntchen Esprit täte dir gut. Und sag jetzt nicht, dass du dich nicht ab und zu nach der Leidenschaft sehnst, die dich in den Wahn schaukelt, Bäume ausreißen zu können, und du dieses Flattern im Herzen spürst, wenn du nur an den einen Mann denkst und …"

„Du sagst es, meine Liebe", fuhr ihr Yvette dazwischen.

„Ein kurzes, intensives Aufflammen. Und nachher? Empfindest du die Realität, und irgendwann klopft sie an die Tür, als doppelt schwer.

„Du weichst mir aus. Wann hat dich Hubert das letzte Mal überrascht? "

„Naja", Yvette betrachtet das Muster auf dem Teeservice, „du weißt, er ist ein vielbeschäftigter Mann." Das lasse ich als Argument nicht gelten. Ich weiß noch genau, als Jean-Jacques mit zielsicheren Schritten ins Büro spaziert ist und mir nach einem Kuss den Motorradhelm aufgesetzt hat. Du hättest die Blicke meiner Kolleginnen sehen sollen."

Ein Lacher entgleitet Marisa.

„Mitten in der Woche hat er mich auf eine Spritztour mitgenommen, weil er Lust dazu hatte. Wir haben an einem Waldrand gepicknickt, die Aussicht genossen, und er hat Rilke rezitiert. Ja, da staunst du. Ich war hin und weg. Und glaub mir, ich hätte noch einiges im Büro erledigen müssen. Oder ein anderes Mal. Hätte ich je den Mut aufgebracht, mich aus einem Flugzeug zu stürzen, nur mit einem Rucksack im Rücken? Puh, es schaudert mich jetzt noch, wenn ich daran denke."

Da war er wieder, dieser verzauberte Gesichtsausdruck.

„Muss ich dich an das River-Rafting erinnern? Du hattest bei diesem Drama mehr als einen Schutzengel dabei."

„No risk, no fun", sagt Marisa und zuckt die Schultern.

„Wann bist du das letzte Mal aus deinem Alltagstrott ausgebrochen? Wenn es Hubert nicht tut, dann überrasch du ihn, und du wirst sehen, es gibt eurer Beziehung wieder Pep."

„Also unsere Beziehung ist total in Ordnung."

„In Ordnung, Yvi!", sagt Marisa gedehnt.

„Spannend, abwechslungsreich sollte eure Beziehung sein. Prickelnd, auch im Schlafzimmer."

„Oh, so spät!" sagt Yvette nach einem verlegenen Blick auf die Armbanduhr.

„Ich muss Jonas von der Schule abholen."

„Genau das meine ich. Lass doch Jonas alleine nach Hause gehen, er ist kein kleiner Junge mehr. Dann kann er noch mit seinen Kumpels quatschen. Oder gehört ihr zur nervigen Gruppe der Helikoptereltern?"

„Du hast gut reden. Anschließend muss ich ihn ins Unihockeytraining fahren. Ich hab' Verpflichtungen."

„Die hat jeder Mensch. Dann nehmt Jonas mit."
„Zum Fallschirmspringen?"

„Werde nicht zynisch. Rudern bei Vollmond oder Schwimmen bei Regen und, und, und. Spaß haben, bevor euch die Routine auffrisst und jeder gefrustet sein eigenes Leben lebt."

„Sagt grad die Richtige. Du bist doch nie in den Alltag eingetaucht mit einem Mann, vorher kneifst du nämlich. Wie lange hielten jeweils deine Beziehungen?"

„Das ist jetzt unfair!" Marisa wendet sich zum Fenster und schiebt die Terrassentür zur Seite. Yvette steht auf und schnappt sich ihre Handtasche. Sie bleibt einen Moment unschlüssig stehen und betrachtet Marisas beneidenswert schlanke Silhouette.

„Das Leben besteht nicht nur aus Spaß haben. Alltag heißt auch, sich zu sorgen und vor allem Verantwortung für seine Liebsten zu übernehmen. Es kreist nicht alles um die eigene Achse."

Marisa dreht sich abrupt um und hebt eine Augenbraue.

„Oh, höre ich eine Spur Bitterkeit aus deinen Worten? Wann hast du das letzte Mal aus voller Kehle gelacht?"

„Jetzt bist du unfair."

Kühle Herbstluft schwingt herein. Yvette sagt tonlos: „Ich muss los. Du bist doch dabei am Samstag, an Jonas' großem Tag?"

„Natürlich, hab' ich ihm versprochen. Aber bleib noch einen Moment."

Marisa macht zwei Schritte auf die Terrasse und blickt im großen Garten um sich, als suche sie etwas. Yvette gesellt sich nach einem kurzen Zögern zu ihr, legt ihr einen Arm um die Schulter und sagt mit versöhnlicher Stimme:

„Eines Tages, ganz unverhofft, wirst du ihn treffen, den Richtigen."

„Ich bin weder naiv noch weise, Yvette, aber zu einer Erkenntnis gelangt: Den Mister Right gibt es nicht. Fazit: Wenn ich einem tollen Mann begegne, der mich interessiert, genieße ich den Moment. Das solltest du übrigens auch tun."

„Wie meinst du das jetzt?"

„Bei dir zeigt sich der Ansatz einer hässlichen Furche", und Marisa streicht ihrer Freundin sanft über die Stirn.

„Mehr das Hier und Jetzt genießen, meine ich, liebe Yvi, lockerer werden. Wir haben nur das eine Leben."

„Wahrscheinlich hast du recht. So, jetzt gehe ich aber wirklich."

„Hab noch einen Moment Geduld. Er kommt sicher gleich."

„Wer kommt?" fragt Yvette beiläufig, als sie in ihrer Handtasche nach dem Autoschlüssel kramt. Marisa umrundet die Sitzmöbel aus Rattan, blickt um die Hausecke und ruft mit weicher Stimme:

„Jean-Jacques, Liebling, wo bist du?"

Yvette erstarrt. Hat sie sich verhört? Nein, sie hat schon richtig verstanden. Sie kann es nicht fassen. Hat sich dieser Kerl wieder bei ihrer Freundin eingenistet. Kaum, dass sie sich nach tränenreichen Tagen und Nächten aufgerappelt hat. Nun, Marisa ist alt genug zu wissen, was sie sich antut. Aber sie, Yvette, wird sich ihre Klagelieder über die Oberflächlichkeit von Affären, ihre Selbstzweifel und dass sie es hätte wissen müssen, dass die Konstellation Löwe und Skorpion nie funktionieren kann, kein weiteres Mal anhören. Was nagelt sie hier noch fest? Sie hängt sich die Tasche über die Schulter, spielt mit dem Schlüsselbund und schaut sich um. Der Rasen ist von bunten Blättern der umliegenden Sträucher und den zwei Birken bedeckt. Yvette atmet einmal tief ein und aus und schmunzelt. Sie stellt sich Jean-Jacques in Latzhose und knappem T-Shirt vor, dessen Bizeps die Ärmel zu sprengen drohen. Wie er das Laub zusammenrecht, doch als er die beiden Damen bei der Terrasse erblickt, sich gelassen mit seiner gewinnenden Ausstrahlung auf den Rechen stützt.

„Jean-Jacques", ruft Marisa nochmals und kommt mit einem milden Lächeln auf ihre Freundin zu.

„Du kannst sagen, was du willst, ich liebe diesen Namen. Die nasale Aussprache, die Weichheit der Konsonanten. Ich glaube, ich habe mich zuerst in den Namen verliebt, und dann in den Mann. Meinst du, …?"

Yvette hört nur mit halbem Ohr hin, denn ein Gedankenblitz ereilt sie, dass sie glaubt, augenblicklich zu erröten. Ihr zweites Ich löst sich von ihr und schreitet mit schwingenden Hüftbewegungen zu dem imaginären Adonis am anderen Ende des Gartens, öffnet dabei einen und dann noch einen Knopf ihrer Bluse und gibt ihm mit einem verführerischen Blick und einer Handbewegung durch ihr lockiges Haar ein eindeutiges Signal. Dicht vor ihm bleibt sie stehen, legt beide Hände auf seine gestählten Pobacken und blickt ihm tief in die Augen. Seine tätowierten Arme umschlingen sie. Sie verlieren sich im Küssen und Streicheln und sinken, der Sinne beraubt, in den kühlen Laubhaufen hinab, wo das Rascheln …

„Ist er nicht süß?", hört sie aus weiter Ferne Marisas Stimme.

„Er kam, sah und siegte."

Irritiert schaut Yvette zur Seite. Ihr ist plötzlich warm.

„Ehm, wen meinst du?"

„Na da, schau", Marisa deutet an ihr vorbei zur Hausmauer hinüber.

„Das ist Jean-Jacques."

Als Yvette ein kleines weißgraues Etwas, kapriziös wie eine Balletteuse, auf sie beide zutänzeln sieht, wird sie von einem Lachanfall gebeutelt. Sie wiegt sich leicht vor und zurück und hält eine Hand auf ihre Brust. Marisa geht in die Hocke und hebt das flauschige Fellbündel mit den graublauen Augen hoch.

„Mein Kleiner", sagt sie, „darf ich vorstellen: Das ist Yvette. Sie hat soeben ihr perlendes Lachen wiedergefunden."

Als Yvette sich ein wenig gefasst hat, streicht sie dem Kater zart über das Köpfchen und flüstert:

„Hallo, Jean-Jacques, was für ein schöner Name."

Die Freiheit

Beim Joggen durch den Park macht Simon, knapp dreißig, vor Freude immer wieder einen Luftsprung. Er strotzt vor Energie und ist überglücklich. Heute wird sich sein Traum erfüllen. Mit Laura hat er die Liebe seines Lebens gefunden, und nun hat sie sich entschieden, mit ihm sein faszinierendes Hobby zu teilen. Er kann es kaum erwarten, nach dem Frühstück loszufahren. Auf dem Rückweg holt er beim Bäcker noch frische Brötchen. Atemlos erreicht er das Wohnhaus, spurtet die Treppen hinauf, die letzten Stufen auf einmal nehmend, und öffnet die Wohnungstür.

„Bin wieder da!" Keine Antwort.

„Laura?"

Nur der Popsong aus dem Radio schallt an seine Ohren. Simon packt in der Küche die Brötchen aus, legt sie in einen Korb und wirft die Papiertüte schwungvoll in den Abfall. Summend blickt er kurz ins Schlafzimmer und öffnet die Badezimmertür. Von Laura keine Spur. Leicht ungehalten zieht er sich im Badezimmer aus, wirft die Kleider achtlos auf den Boden und steigt in die Dusche. Kaum hat er die Brause angestellt, schweifen seine Gedanken zu dem Hausberg, und seine Stimmung hebt sich im Nu. Schon unendlich viele Male hat er an dem Abhang gestanden, jedes Mal mit leichtem Herzklopfen. Doch diesmal wird der Flug ein ganz spezieller werden. Nicht nur, weil er die Verantwortung für seine Freundin mitträgt, sondern weil er das Strahlen in ihren Augen kaum erwarten kann. Sie wird begeistert sein, da ist er sich sicher. Lange hat er auf diesen Augenblick gewartet. Jetzt kann es ihm nicht schnell genug gehen, mit dem Schirm loszulaufen, abzuheben und ihr zu zeigen, was für ihn Freiheit bedeutet. Er zieht sich an, geht ins Wohnzimmer und überprüft die Ausrüstung. Nochmals studiert er die Wetterprognosen mit den Windverhältnissen vor Ort. Selten hat er an einem Tag so ideale Flugbedingungen vorgefunden. Alles passt. Er ist bereit, der Countdown kann beginnen. Seine neueste Errungenschaft, eine Actionkamera, liegt gut eingebettet im Rucksack. Simon grinst. Damit will er Laura überraschen. Wo bleibt sie nur? Geduld gehört nicht zu seinen Stärken. In der Küche beginnt er, Orangen auszupressen. Ist Laura auch bereit? Für das heutige Vorhaben muss sie ihm bedingungslos vertrauen. Besteht die Möglichkeit, dass ein noch so kleines Körnchen Unsicherheit ihrerseits die ganze Aktion ins Wanken bringt? Das schreckliche Ereignis, das ihr den Boden unter den Füßen weggezogen hat, liegt erst anderthalb Jahre zurück. Monatelang hatten Laura immer die gleichen

Fragen gequält. Er erinnert sich an ein Gespräch.

„Meine Eltern haben ihm vertraut, Simon. Und nun sind sie tot."

Handelte es sich bei dem Lawinenunglück nicht um einen Unfall?"

„Sie haben ihr Leben in seine Hände gelegt, einem erfahrenen Bergführer! Mir wurde gesagt, ihn trifft keine Schuld. Aber wie soll ich mit dieser Tatsache klarkommen, Simon, sag mir das."

Ihr verzweifelter Gesichtsausdruck ist Simon wieder präsent, und ihm zieht es erneut das Herz zusammen.

„Warum meine Eltern? Und so früh. Wir hatten doch erst den fünfzigsten von Papa gefeiert."

Er hatte sie nur tröstend in den Arm genommen, denn eine befriedigende Antwort konnte er ihr nicht geben. Simon nimmt sein Handy und schreibt ihr per WhatsApp: *Wo bist du? Wir wollen bald los.* Er bemüht sich, ruhig zu bleiben, aber in ihm beginnt es zu brodeln. Es wäre nicht das erste Mal, dass ihn ihre Unpünktlichkeit in Rage bringt und einen Streit auslöst, was ihm im Grunde zuwider ist. Seit drei Monaten wohnen sie zusammen, alles läuft bestens, sie sind ein eingespieltes Team. In einem Moment wie diesem fragt er sich allerdings, ob es richtig war, zusammenzuziehen. Er hat lange alleine gelebt und seine Unabhängigkeit genossen. Hätte er sie nicht aufgeben dürfen? Ist er bindungsunfähig? Simon verwirft den abstrusen Gedanken. Er liebt Laura wie am ersten Tag. Sie ist warmherzig, spontan, und mit ihrer fröhlichen Art zerstreut sie seinen Hang zur Nachdenklichkeit jeden Tag aufs Neue. Aber reicht das für ein erfülltes Leben zu zweit? Er schneidet eine Banane in Scheiben und kippt das Brett über die Müeslischale, als die Wohnungstür ins Schloss fällt.

„Hallo?"

Lauras Stimme löst bei Simon ein freudiges Kribbeln aus. Sie tritt lächelnd auf ihn zu, haucht ihm einen Kuss auf die Wange und lehnt sich ans Fenstersims.

„Entschuldige, Schatz, ich habe doch Schneiders versprochen, nach den beiden Katzen zu schauen. Ich hätte es fast vergessen vor lauter Vorfreude. Du, die Kleinen sind so niedlich."

Simon drückt, ohne sie anzusehen, den Knopf der Kaffeemaschine. „Können wir nicht schon jetzt abfahren, ich kann vor Aufregung nichts essen."

„Mit leerem Magen wird nicht geflogen", sagt er mürrisch.

„Du bist jetzt aber nicht böse, weil ich kurz weg war?"

„Erstens bin ich nicht böse, und zweitens geht es nicht ums Weggehen. Du hättest es mir sagen müssen, dass …"

„Hörst du mir eigentlich zu? Ich habe grade erklärt, dass ich es beinahe vergessen hätte. Es ist mir erst in den Sinn gekommen, da warst du schon aus der Tür."

„Lassen wir es gut sein."

„Simon, es ist unser freier Tag, wir haben alle Zeit der Welt."

Er stellt die zweite Kaffeetasse auf den Tisch, setzt sich und schaut seine Freundin eindringlich an.

„Dann erklär' ich dir jetzt etwas: In den Bergen kann sich das Wetter sehr schnell ändern, das weißt du. Also haben wir nicht alle Zeit der Welt, wenn wir fliegen wollen."

„Ja, du hast ja Recht."

Laura geht zum Tisch und umarmt Simon von hinten.

„Du musst lockerer werden, mein Schatz. Wenn das Wetter mitspielt, werden wir fliegen, und wenn nicht, beobachten wir die Stimmung am Himmel. Hauptsache, wir sind zusammen."

Sie fährt ihm einmal durch sein Haar und setzt sich. Simon schaut in das fröhliche Gesicht seiner Liebsten und sagt versöhnlicher:

„Ok, ich gebe mir Mühe." Zwei Stunden später stehen beide in der Gondel, mit der sie sanft über die Baumwipfel in die Höhe schweben. Sie lehnen schweigend am Fenster und beobachten, wie der

Bergkamm näher rückt und das Dorf im Tal zu Spielzeuggröße schrumpft. Schon einige Male hat Laura ihn bis zum Startplatz begleitet und ihm bei den Vorbereitungen zugeschaut. Kurz vor dem Ziel legt Simon einen Arm um ihre Schultern. „Woran denkst du?"

„Nur einen kurzen Moment an meine Eltern."

„Hast du Zweifel?", fragt er besorgt.

„Nein."

„Sicher nicht?", hakt er nach. Sie schaut zu ihm auf: „Simon, wirklich nicht. Es ist eigenartig, aber ich fühle mich meinen Eltern hier in den Bergen sehr nahe."

Auf der Bergstation steigen sie aus. Simon nimmt Laura zur Seite.

„Laura, ich frage dich noch einmal: Vertraust du mir hundertprozentig?"

„Ja, das tue ich. Und ich bin in der schwierigen Zeit zu einer Erkenntnis gelangt: Es gibt für nichts eine Garantie."

Simon streicht ihr liebevoll über die Wange. Dann gehen sie den schmalen Weg entlang, der vom Restaurant und den wenigen Ausflüglern zum Startplatz führt. Noch einige Meter trennen sie vom schrägen Abhang, der zur steilen Felswand führt, als sich Simon umdreht:

„Was ist los?" Laura kommt ihm langsam und mit

ernstem Gesicht entgegen.

„Mein Herz rast so." Als sie vor ihm steht, fragt er: „Angst?"

Sie schüttelt den Kopf.

„Es ist so aufregend."

Simon legt beide Hände auf ihre Schultern und schaut ihr tief in die Augen:

„Wir starten gleich und sprechen dann nur noch das Nötigste. Laura, du kannst jederzeit nein sagen, du musst nicht fliegen, wenn dir nicht danach ist. Und wenn du in der letzten Minute absagst, aus welchem Grund auch immer."

Sie fährt ihm neckisch über sein Spitzbärtchen:

„Alles ist gut, ich will fliegen".

Als sie sich umarmen, flüstert er ihr ins Ohr:

„Deine Eltern wären sehr stolz auf dich".

Nachdem Simon den Schirm am Boden ausgebreitet, die bunten Leinen in der richtigen Reihenfolge drapiert hat, hilft er Laura, das Gurtzeug anzulegen. Er rupft hier, zieht da und versichert sich, dass die Haken eingeschnappt sind. Ein paar Dohlen ziehen in gebührlichem Abstand ihre Kreise. Beide stülpen sich den Helm auf. Laura deutet mit dem Handschuh auf seine kleine Kamera, hält den Daumen hoch und dreht sich um. Sie stehen dicht hintereinander. Er atmet tief ein und aus, drückt als Startzeichen ihre Schulter, dann laufen sie gleichzeitig los. Kaum hat sich der Tandemschirm mit einem Rauschen über ihnen aufgebauscht, blickt Simon zwecks Kontrolle kurz nach oben, dann baumeln sie schon in der Luft. Anfangs schwingen sie noch leicht hin und her. Simon steuert den Schirm routiniert in wechselnde Richtungen. Nach einigen Minuten ruft Laura in die Stille:

„Diese Weitsicht! Oh, schau, diese Farben an den Felswänden!"

Sie dreht den Kopf seitlich:

„Simon, es ist fantastisch! Du hast nicht zu viel versprochen. Das Gefühl der Freiheit kann man nicht beschreiben, man muss es selbst erleben!"

Simon ist sprachlos, denn das starke Glücksgefühl, das er in diesem Moment empfindet, übertrifft seine Erwartungen bei Weitem.

„Wow, es ist sooo cool!" schreit Laura in die Welt hinaus.

Die Aussicht

Auf einer leichten Anhöhe steht eine Bank, dessen rote Latten aus dem matten Grün der Wiese hervorragen. Dahinter schlängelt sich ein schmaler Weg weiter hinauf in den angrenzenden Wald und verschwindet im Dickicht der Stämme. Johanna setzt sich und lehnt sich zurück. In ihrer Bluejeans, dem weißen Jäckchen und der braungetönten Kurzhaarfrisur erweckt sie den Eindruck einer sportlichen Frau um die fünfzig. Sie streckt die schlanken Beine, wippt mit den Füßen und lässt die Arme locker auf ihre Oberschenkel fallen. Ihr Blick schweift hinunter zum Städtchen bis zum See, auf dem einige Schiffe mit aufgebauschten Segeln wie ferngesteuert übers Wasser gleiten. Hinter dem bewaldeten Hügel breitet sich ein imposantes Bergpanorama aus. Andere müssen Meilen für eine solche Aussicht fahren, sie kann sie zu Fuß von ihrem Zuhause aus erreichen. Welch ein Privileg! Alltagssorgen bekommen von hier oben eine ganz andere Bedeutung. Sie hat keine Sorgen.

Johanna schmunzelt. Was ist los mit ihr? Sie fühlt sich jung wie ein Teenager, dabei ist sie erst kürzlich pensioniert worden. Es ist ihr nicht leicht gefallen, aus dem beruflichen Alltag auszusteigen. Doch erstaunlich schnell hat sie sich an den neuen Lebensabschnitt gewöhnt. Ihre Zukunft sieht rosig aus. Das hat nicht nur mit der ausgezeichneten finanziellen Situation zu tun oder der Gestaltung des Gartens, dem sie sich nun intensiv und mit Freude widmen kann. Der Hauptgrund heißt Jasper. Allein der Name berührt sie tief im Innersten. Die Frage, warum sie in all den Jahren nicht öfters hier heraufgekommen ist, ist nicht mehr von Belang.

Ein frisches Frühlingslüftchen weht um ihre Nase, und aus ihren kaum geöffneten Lippen entgleitet ein *Ach, ich könnte die ganze Welt umarmen.* Sie ist das erste Mal Großmutter geworden. Großmutter eines gesunden Enkels. Ist es die Fülle des Glücks, die ihr Herz hüpfen lässt und ihre Augen mit Tränen füllt? Sie schiebt die Sonnenbrille über ihre Stirn und holt ein Taschentuch aus der Jacke hervor. Damit tupft sie sich über die geschlossenen Augen, schnäuzt sich und verstaut es wieder. Oder ist es das Zur-Ruhe-Kommen nach den aufregenden letzten Tagen? Bei jedem Klingelton ihres Handys ist sie zusammengezuckt. Liegt Angela in den Wehen? Geht es ihr und dem Ungeborenen gut? Oder gibt es Komplikationen bei der Geburt? Johanna war sich fremd, denn im Beruf hatte sie sich jeder Herausforderung gestellt. Hat sich als Frau in der von Männern dominierenden Etage durchgesetzt, blieb immer sachlich. Schon als Kind ließ sie sich nicht unterkriegen. Und ihre Schwangerschaft und Lukas' Geburt liefen während ihres Studiums so nebenher. Diese Leichtigkeit hat sich für ein paar Tage verabschiedet. Herbert ging es ähnlich, nur hat er sich nichts anmerken lassen. Aber sie kennt ihren Mann. Heute, nach dem gemeinsamen Frühstück, hat sie es in der Wohnung nicht mehr ausgehalten. Weder der Frühlingsputz noch die Gartenarbeit konnten sie zurückhalten. Herbert ist zum Hafen gefahren, um dem Segelboot noch den letzten Schliff zu verpassen. So hat sie sich kurzerhand die Sportschuhe angezogen und ist zügig hier heraufmarschiert. Sie hat sich gewundert, dass sie an diesem wunderschönen Morgen noch keiner Menschenseele begegnet ist, als ihr bewusst wurde, dass sie sich nun diese Freiheit leisten kann.

Johanna hat sich so sehr ein Enkelkind gewünscht. Und für ihren einzigen Sohn gebetet, dass sich sein sehnlichster Wunsch, Vater zu werden, erfülle. Lukas hat nicht mehr damit gerechnet, bis Angela in sein Leben getreten ist. Johanna hat diese warmherzige, fröhliche und intelligente Frau schnell ins Herz geschlossen. Doch neun Jahre mussten sie warten, in denen sich Hoffnung und Enttäuschung abwechselten. Vorgestern um zweiundzwanzig Uhr vierzig erhielt sie den ersehnten Anruf von ihrem Sohn: Angela hat einem gesunden Jungen das Leben geschenkt. Jasper soll er heißen. Lukas konnte kaum sprechen, so bewegt hatte ihn der lange Geburtsvorgang. Angela sei überglücklich, nur sehr erschöpft. Als Johanna das Handy zur Seite legte, überwältigte sie das Glücksgefühl, und ihr rollten Tränen über die Wangen. Gestern Abend hat sie mit Herbert die junge Familie in der Klinik besucht. Johanna hat in Angelas Augen das gesehen, was auch sie nach der Geburt fühlte: unendliche Liebe zu dem kleinen Geschöpf. Die Erde könnte sich schneller drehen, ein Meteorit in der Nähe einschlagen, sie bliebe ruhig, denn sie und ihr Kind sind eins. Johanna hat nicht nahe am Wasser gebaut, aber beim Anblick des Babys schwappten einige Tränen an den Lidrand. Weil sie sich an den Tag erinnerte, als sie zum ersten Mal Lukas in den Armen hielt? Diesen Moment wird sie nie vergessen, obwohl es fast vierzig Jahre her ist. Als Erstes sind ihr bei Jasper die vielen dunklen Haare aufgefallen. Behutsam hat sie dem Säugling über die Wange gestrichen, die sich weich wie Samt anfühlte. Hat die kleine Hand ergriffen, die Fingerchen gezählt, die sich um ihren Daumen klammerten. Das Gesicht mit dem Stupsnäschen begutachtet und die ersten Vergleiche mit seinen Eltern gezogen. Als Jasper so zufrieden und müde in den Armen seiner Mutter gelegen hat, ist durch ihren Körper ein Schwall von Wärme geströmt, dass sie dieses kleine Geschöpf am liebsten aufgenommen hätte, um es innig an sich zu drücken. Stattdessen hat sie Herbert mit einem Zeichen zum Gehen aufgefordert, um die drei dem intimen Moment zu überlassen. Dieser stattliche Mann, der seine Gefühle ansonsten unter Kontrolle halten kann, stand gerührt am Fußende des Bettes. Schweigend, Arm in Arm, das Glück noch kaum fassend, haben sie die Klinik verlassen.

Als Glockengeläut ertönt, schickt Johanna ein kurzes Dankesgebet für das kleine Wunder zum Himmel. Das mittelalterliche Städtchen mit seinen Giebeldächern und Erkern liegt ihr zu Füßen. Ihre Heimat seit dreiunddreißig Jahren. Sie möchte nirgendwo anders wohnen. Ein Umzug kommt für sie nicht mehr in Frage. Der Zeitpunkt der letzten Station, das Seniorenheim, liegt noch auf einem weit entfernten Stern. Sie lauscht dem Zwitschern der Vögel aus dem nahen Wald. Ein Milan zieht weit über ihr seine Kreise und stößt ab und zu einen langgezogenen Pfiff aus. Am Nachmittag wird sie mit ihrem Mann eine Radtour unternehmen. Wohin, weiß sie nicht, denn sie hat ihm die Zusammenstellung der Route überlassen. Sie lächelt. Mit Herbert wird es ihr nie langweilig, denn er überrascht sie immer wieder mit neuen Ideen. Das hat sie schon früher an ihm so gemocht. Drei Jahre musste er auf ihre Pensionierung warten. Jetzt haben sie endlich uneingeschränkt Zeit füreinander. Unbedingt muss sie ihm diesen Aussichtspunkt zeigen. Sie hört jetzt schon seinen Ausspruch:

„Das ist was für Rentner, auf einer Bank zu sitzen." Johanna spürt einen Hauch Wehmut aufkommen. Sie sind Rentner. Hätte sie einen Wunsch frei, würde sie gerne den Zeiger der Zeit auf langsamer stellen. Sie hat sich vorgenommen, jede Minute zu genießen und die mit ihrem Enkelkind doppelt. Herbert muss von diesem Panorama fasziniert sein. Sie könnten ihren Enkel mitnehmen. Kann ihr Mann den Kinderwagen hier heraufschieben? Sie schmunzelt, als sie sich Herbert als einen modernen Großvater mit Jasper im Babytuch vorstellt. Johanna schlägt die Beine übereinander. Die Ruhe ist wohltuend. Sie könnte ewig da sitzen. Als sie sich die Sonnenbrille wieder auf die Nase setzt, sieht sie aus den Augenwinkeln eine Gestalt den Hügel heraufkeuchen. Nein, bitte nicht! denkt Johanna und wendet rasch den Kopf. Ausgerechnet ihre geschwätzige Nachbarin! Gerne würde sie mit jemandem ihre Freude teilen. Aber zuallerletzt mit dieser impertinenten Person. Doch es bleibt still. Daher wagt Johanna nochmals einen Blick zu der Frau, und ein Stein fällt ihr vom Herzen. Diese Person ist viel jünger als ihre Nachbarin. Sie ist ihr fremd. Johanna atmet einmal tief ein und aus und schaut wieder in die Berge. Jasper. Sie muss Lukas

fragen, wer von ihnen beiden auf diesen für sie unge-
wöhnlichen Namen gekommen ist. Gefällt er ihrem
Mann? Herbert hat kein Wort darüber verloren. Also
sie findet ihn schön. Sie schiebt die Stirnfransen nach
oben, die sogleich über ihre Brauen zurückfallen. Zuhause muss sie unbedingt einen Friseurtermin ver-
einbaren.

„Guten Morgen."

„Oh, guten Morgen", sagt Johanna.

Als sie die Sonnenbrille abnimmt, erschrickt sie nicht
nur über das blasse Gesicht der jungen Frau, die sich
neben der Bank außer Atem an der Lehne abstützt.
Die eng gegürtete Jacke deutet auf eine magere Taille
hin. Während sich die Frau in gebührendem Abstand
neben sie setzt, beschleicht Johanna ein eigenartiges
Gefühl des Unwohlseins. Eine Drogensüchtige? Johanna hat keine Erfahrungen mit solchen Menschen.
Aber hier oben? Am besten, sie macht sich auf den
Rückweg. Nochmals schielt sie zu der Frau und zögert.

Claudia hat sich einfach ohne zu fragen hingesetzt.
Die Frau neben ihr scheint in Gedanken versunken.
Sie hat gesehen, wie sie sich vorhin Tränen wegge-
wischt hat. Vielleicht will sie lieber alleine bleiben.
Doch darauf kann Claudia keine Rücksicht nehmen,
denn ihre Beine tragen sie nicht mehr, und für ihre
Lunge war der Aufstieg reinste Strapaze. Aber sie

wollte schon lange diese Bank erreichen, die sie von ihrem Balkon aus sieht. Mit dem leuchtenden Rot hat sie sie täglich dazu aufgefordert. Claudia musste all ihre Kräfte bündeln, um ihr hoch gestecktes Ziel zu erreichen. Heute hätte sie besser am See einen Spaziergang machen sollen. Doch ihr Ehrgeiz kannte kein Erbarmen, und sie hat es geschafft. Irgendwann kann sie bis zum Waldrand gehen. Wirklich? Macht sie sich nichts vor? Ja, sie wird auch dieses Ziel erreichen. Als sie die Diagnose erhalten hat, schwebte sie die ersten Tage wie in einem luftleeren Raum, ohne Halt und orientierungslos. Kaum hatte sie sich mit den möglichen Folgen des Krankheitsverlaufs auseinandergesetzt, musste sie mit der Therapie beginnen. Sie hat sich eines geschworen: Sie wird kämpfen. Die Tage sind ausgefüllt mit Arztterminen, Ruhephasen und dem Organisieren des Alltags. Die nächsten Wochen planen? Lässt sie bleiben. Nur einige Tage vorausschauen. Je nachdem, ob es ihre gesundheitliche Verfassung zulässt, kann sie mit Peter, ihrem Verlobten, etwas unternehmen. Er bemüht sich um Abwechslung, hebt sie mit kleinen Vergnügungen aus ihrem tristen Alltag. Die Unsicherheit schwingt mit jedem Schritt mit. Erstens: wie und ob sie die Chemotherapie durchsteht. Und zweitens: ob ihre Beziehung der Belastung standhält. Claudia versucht, lo-

ckerer zu werden, und öffnet die Finger ihrer ver-
krampften Hände in den Taschen. Sie riskiert einen
Seitenblick zu ihrer Banknachbarin und betrachtet
das Profil. Ruhe strahlt die Frau aus. Beneidenswert.
Dann dieses sanfte Lächeln auf ihren Lippen. Gott sei
Dank will sie sie nicht in ein banales Gespräch verwi-
ckeln, dazu wäre sie jetzt nicht aufgelegt. Auch Clau-
dias Blick schweift in die Ferne. Einige Kumuli tum-
meln sich am hellblauen Himmel. So ein Traumwet-
ter wünscht sie sich für ihre Hochzeit im Herbst. Sie
hält an den Zukunftsplänen fest, denn die Chemotherapie ist gut angelaufen. Besser, als sie erwartet hatte.
„Keine Frage, mein Liebling. Natürlich werden wir
heiraten."
Peter, die Liebe ihres Lebens. Er ist ein positiv den-
kender Mensch. Doch manchmal kann sie seinen Op-
timismus nicht ertragen. Denn „Alles wird gut"-
Spruch lässt er bleiben, seit sie ihn inständig darum
gebeten hat. Wer weiß das schon? Oft quälen sie zu
den Schmerzen die immer wiederkehrenden Fragen:
Wird er bei ihr bleiben? Ist seine Liebe stark genug?
„Ein herrlicher Tag heute", vernimmt sie die Stimme
von nebenan. Eine angenehme Stimme. Claudia blinzelt. Wird sie je einmal mit der Seilbahn auf den
höchsten Gipfel der gegenüberliegenden Berge
schweben?
„Ja, wettermäßig zumindest."

Die Sonnenbrille hat sie vergessen. Sie hat es erst bemerkt, als sie das Dorf schon hinter sich gelassen hatte. Nochmals zurückgehen kam für sie nicht in Frage, denn für diesen Aufstieg musste sie ihre Energie einteilen. Claudia fährt über ihre halblangen Haare und betrachtet dann ängstlich ihre Hand. Heute ist es noch nicht passiert. Sie hat Panik vor dem Moment, wenn ihre blonde Pracht ihr büschelweise ausgehen wird. Dann wird sie jeden Morgen beim Blick in den Spiegel daran erinnert, was in ihrem Körper wütet. Eine Macht, die ihre Gedankengänge manipuliert und die Freude auf Sparflamme hält. Es ärgert sie, dass sie ihr hilflos ausgeliefert ist. Soll sie sich eine Glatze scheren lassen? Bei der Vorstellung muss sie kurz schmunzeln. Aber was würde Peter dazu sagen? Wäre er stolz auf sie, wie sie mit der Krankheit umgeht, dass sie ihr die Stirn bietet? Oder geschockt? Eher Ersteres. Ihr wird warm ums Herz, wenn sie an ihren Verlobten denkt. Claudia hat sich im Internet schon passende Perücken angeschaut. Bestellt hat sie noch keine, der Aberglaube hat sie daran gehindert. Sie ist überzeugt, sobald sie dies täte, würden sich ihre Haare von ihr verabschieden. Hat sie ihre Krankheit akzeptiert? An manchen Tagen ja, an manchen hämmert sie bis zur Erschöpfung ihre Wut über ihr Schicksal in ein dickes Kissen. Warum sie? Sie ist erst zweiunddreißig.

„Das Licht ist wunderbar. Viel Schnee liegt noch in den Bergen", sagt Johanna.

„Im Frühling ist das so."

Die Worte kaum ausgesprochen, schämt sich Claudia für ihre Unfreundlichkeit. Kann ihr das nicht egal sein? Genau das versucht sie tagtäglich zu unterdrücken: Dass sie in den Dunstkreis der Gleichgültigkeit gerät. Wenn Kämpfen für das Ziel, gesund zu werden, nicht mehr von Bedeutung ist, hat sie verloren. Claudia dreht jetzt den Kopf und bemüht sich um einen milden Ton.

„Kommen Sie öfters hierher?"

Johanna nimmt die Sonnenbrille ab, dreht sie in ihren Händen und wirft einen kurzen Blick auf die Frau neben ihr.

„Nein, ehrlich gesagt, obwohl ich in der Nähe wohne."

Sie schaut in die Ferne.

„Und fragen Sie mich nicht nach den Namen der Berge, ich kenne nur die wenigsten. Es ist fast beschämend", sagt sie. Claudia hält eine Hand auf die Brust und atmet einmal vorsichtig tief ein und aus. Es geht ohne Schmerzen.

„Gute Luft ist hier oben. Oder kommt mir das nur so vor?"

„Nein, ich empfinde es auch so", sagt Johanna. Eine kurze Pause tritt ein.

„Sie sind nicht von hier?"

„Nein. Also doch, aber ich bin erst vor kurzem hierhergezogen."

Claudia fühlt sich erschöpft. Sie schließt die Augen und spürt die Wärme auf ihrem Gesicht. Sie kam in der Absicht hier hinauf, ihre neue Heimat aus der Vogelperspektive zu betrachten. Um zu testen, ob sie von hier aus eine andere Sichtweise auf ihre Krankheit bekommt. Sie ist enttäuscht. Der Test fällt negativ aus. Sie fühlt sich klein und schwach. Ein mulmiges Gefühl breitet sich in ihr aus, und sie öffnet schnell die Augen. Wenn sie stirbt, geht am nächsten Tag trotzdem die Sonne auf, piepsen die Vögel wieder, und der Schnee liegt immer noch auf den Bergen. Es werden jeden Tag hier Leute sitzen, plaudernd oder schweigend, und in die Ferne schauen. Jeder nimmt die gleiche Aussicht mit nach Hause, empfindet sie aber anders. Claudia will noch oft hierherkommen. Wenn die Wiese voller Löwenzahn steht, wenn der Himmel bewölkt ist, wenn die Berge im Morgenrot glühen. Sie will den See beobachten, wenn der Sturm das Wasser peitscht oder der Nebel über die Oberfläche kriecht. Und bei Vollmond möchte sie mit Peter hier sitzen. Sie will diese Aussicht verinnerlichen. Wenn es ihr schlecht geht und sie in der Klinik liegen muss, will sie auf diesen Blick zurückgreifen können.

„Regnet es in den nächsten Tagen?" fragt Claudia unvermittelt die Frau.

„Nein, ich hoffe nicht. Mein Mann und ich wollen morgen das erste Mal mit dem Segelboot rausfahren." Es herrscht für einen Moment Schweigen. Claudia seufzt.

„Wie mag es hinter den Bergen aussehen?"

„Faszinierend. Mein Mann und ich sind ja eher auf dem Wasser zuhause. Ich erinnere mich aber an die Wanderung um den Flurysee, der zwischen Alpwiese und steil abfallendem Felsen liegt und mal in Smaragd, dann wieder in Königsblau schimmert. Der dominante Bürristock, so heißt er, glaube ich, spiegelt sich mit seiner schneebedeckten Spitze im See. Ein beeindruckendes Erlebnis. Sehen Sie diesen Einschnitt, dieses V?"

Mit einer Hand zeigt Johanna in die Ferne.

„Dahinter im Tal, gar nicht weit, fährt auf der linken Seite eine kleine Gondel auf eine Ebene hinauf, noch. In Planung ist eine viel größere, die nächstes Jahr mehr Wanderer hinaufbringen wird, und das hübsche Beizli oben bei der Station muss einem Restaurant weichen.Schade", sagt Johanna mehr zu sich selbst, „bis jetzt ist es noch ein idyllisches Plätzchen."

Sie setzt die Sonnenbrille wieder auf und fährt fort: „Es ist so herrlich hier, man will gar nicht heimgehen. Dabei habe ich …"

Claudia hört der Frau neben ihr nicht mehr zu. Also müsste man dieses Jahr noch hinauffahren, denkt sie, und ihr Herz schlägt aufgeregt. Ich muss es unbedingt Peter erzählen. Als erstes werden wir zusammen hier heraufgehen und dann, an einem schönen Sommertag, zu dem schimmernden See. Claudia schaut mit einem erwartungsvollen Lächeln zu der Bergkette.

Das Rosenbäumchen

Wieder liegt eine unruhige Nacht hinter mir, eine von vielen in den letzten Wochen. Heute muss ich es tun. Mit einem Spaten in der Hand stehe ich in einer Ecke des Gartens. Genau da zu meinen nackten Füßen will ich die Rose einsetzen, unweit der Bank. Hier soll sie ihre Wurzeln tief in die Erde und nach allen Seiten ausstrecken, um an Standfestigkeit zu gewinnen. Wenn ich mich mit einem Buch an diesen Ort zurückziehe, will ich ihren betörenden Duft wahrnehmen. Ihn inhalieren wie eine Droge, um zu vergessen, was geschehen ist. Um mich ohne Schmerzen an die wundervollste Zeit meines Lebens, an die fünf Monate, erinnern zu können.

Mein Blick wandert über das Rasenstück, streift das Blumenbeet und bleibt an der Südseite des Hauses hängen. Vom großen Wohnzimmerfenster aus möchte ich jeden Tag den Rosenstock sehen, wie er gedeiht und sich Knospen immer wieder neu vom Anfang des Sommers bis zum ersten Frost zur vollen Blüte entfalten.

Ich halte den Holzstiel mit beiden Händen fest umklammert und beginne, in den harten Boden zu stechen. Nach ein paar mühseligen Umgrabungen lehne ich das Werkzeug an die Lorbeerhecke. Aus dem Geräteschuppen hole ich eine kleine Schaufel. Neben dem Plastiktopf, in dem der Wurzelballen steckt, knie ich mich hin, stütze mich mit einer Hand ab und fahre mit dem Schäufelchen fort, das Loch zu vergrößern. Ich häufe die trockene Erde mal auf die eine, mal auf die andere Seite der Vertiefung. Es ist früher Morgen, die Temperaturen noch im wohltuenden Bereich. Erste Sonnenstrahlen wärmen meinen Rücken. Außer dem Zwitschern der Vögel ist es ruhig in der Umgebung. Ich grabe tiefer, schiebe die Erde an die seitliche Wand und klopfe sie fest. Trotzdem bröselt ein Teil davon nach unten. In mich gekehrt, die Zeit hat für mich längst an Bedeutung verloren, nehme ich die lose Erde und drücke sie noch fester an. Irgendwann lege ich die kleine Schaufel zur Seite, bücke mich weiter vor und fasse mit beiden Händen das feuchte Element. Unter meinen kurzen Fingernägeln zeigen sich bereits schwarze Streifen. Es macht mir nichts aus, denn ich will die weiche Materie spüren. Mein Blick fokussiert sich auf den kleinen Radius vor mir. Da sind nur wir drei: der Rosenstock als mein letztes Geschenk an meine kleine Tochter, mein Vorhaben und ich.

Für einen Augenblick fühle ich mich als das kleine Mädchen, das Mutter geholfen hat, Blumenzwiebeln zu setzen. Im Irrglauben, die Zeit zurückdrehen zu können, um die Unbeschwertheit von damals für einen kurzen Moment zu erlangen, packe ich eine

Handvoll Erde und zerreibe sie zwischen den Handflächen. Ich beobachte, wie die Klumpen in die Tiefe fallen, als mich plötzlich Wehmut erfasst. Mein kleiner Engel wird nie mit mir in der Erde buddeln. Nie im Garten barfuß herumspringen und den Schmetterlingen nachjagen. Meine Freude, der Pflanze eine Heimat zu geben, sie einzubetten, schwindet, und ich nehme meine Hände aus einer Distanz heraus wahr, die mich leicht irritiert. Oder ist es das schwarze Loch, in das ich blicke, über das sich mein Schatten breitet? Die Vertiefung gähnt mich an, als erwarte sie von mir, dass ich den Eingriff in Mutter Natur behebe und diesen Flecken wieder in ihren ursprünglichen Zustand versetze. Ich setze mich auf die Fersen. Den munteren Gesang der Vögel möchte ich zum Verstummen bringen. Wieder ist ein neuer Tag angebrochen, wieder ohne mein geliebtes Kind. Meine Gedanken schweifen ab, und ich spüre diesen zähen Klumpen in meiner Mitte, der mich einmal leer schlucken lässt. Da ist es wieder, dieses eine Bild, das für immer in mir gespeichert bleibt und auf das mein innerer Blick gerichtet ist: Eingebettet in weißen Baumwollstoff, zarte Rüschen zieren das Kissen, meine kleine Valerie. Fremde haben respektvoll und stumm den kleinen Sarg in das Grab hinabgelassen. Ruhe in

Frieden, Amen. Die letzten Worte des Pfarrers. Warum musste sie sterben? Ihr Leben hatte doch erst begonnen.

Mir schnürt es die Kehle zu. Meine Augen füllen sich mit Tränen, obwohl ich mir fest vorgenommen hatte, ab heute nicht mehr zu weinen. Verschwommen nehme ich die Umgebung wahr. Den stahlblauen Himmel, den keine einzige dunkle Wolke trübt, ertrage ich kaum. Als ich zum Fenster schaue, tritt mein Mann im selben Moment einen Schritt zurück. Doch es ist zu spät. Trotz der Distanz habe ich seine Gemütsverfassung gesehen. Seine versteinerte Miene, hinter der er seine stille Trauer verbirgt. Er, der seiner Tochter so zärtlich übers Köpfchen gestreichelt hat, als wäre es aus Porzellan. Der mit Valerie flüsternd Zwiesprache gehalten hat, bis sie in seinen starken Armen eingeschlafen ist. Einen Wimpernschlag lang möchte ich neben Patrick stehen, mich an ihn lehnen, um seine Nähe zu spüren. Und um ihm zu zeigen, dass er mit seiner Trauer nicht alleine ist. Ich weiß, dass er leidet. Warum lasse ich dann seine Umarmungen nicht zu? Ich senke meinen Blick und wische ein paar Erdbrocken von meinen hellen Shorts. Dunkle Spuren bleiben zurück. Schuldgefühle schleichen sich hoch, als ich an den einen Abend denke.

„Du sprichst schon von Loslassen? Ich habe das Recht, am Boden zerstört zu sein! Ich bin die Mutter!

82

Ich habe als Erste in mir das Leben gespürt. Habe unser Kind behütet in mir herumgetragen, lange bevor du es zu Gesicht bekommen hast. Habe es unter Schmerzen geboren. Es war mein Baby, das ich an die Brust nahm. Du hast keine Ahnung, wie es in mir drin aussieht!"

Wie konnte ich nur? Hilflos ist Patrick vor mir gestanden. Seither ist er noch wortkarger geworden. Tränen rinnen mir über die Wangen. Ich bin nicht fähig, sie wegzuwischen, mich überhaupt zu bewegen. Ein Schleier aus Melancholie wirft sich über mich. Mich fröstelt, als streife mich an diesem Sommertag ein kühler Herbstwind. Meine Arme liegen auf meinen Oberschenkeln, kraftlos, als hätten sie aufgegeben. Vor kurzem noch habe ich dieses kleine Bündel Mensch an mich gedrückt. Valeries warme Haut auf meiner gespürt. Habe mich zu ihr gebeugt, sie geküsst und dabei ihren Babyduft eingesogen, der mit keinem teuren Parfüm aufzuwiegen ist. Ihre Pausbäckchen geknuddelt und ein freudiges Quietschen ausgelöst. In dieser innigen Vertrautheit haben wir die übrige Welt außen vorgelassen. Dieses Band der Liebe, das von Tag zu Tag stärker wurde, wurde wie mit einer Schere abrupt entzweigeschnitten. Von einer Minute auf die andere war nichts mehr wie zuvor. Der Tränenfluss, nur mehr ein Bächlein, ist am Verebben, und eine innere Leere breitet sich aus. Ich vermisse mein Kind so sehr, dass ich mich fallen lassen will, um nie mehr aufzustehen. Ausruhen, schlafen, für ewig. Vorbei wäre die tägliche Qual. Mit Valerie ist die Liebe gegangen und mit ihr der Sinn meines Lebens. Sie ist einfach hinübergeschlafen. Mit einem Traum?

Wie in Trance beuge ich mich nach vorne und grabe mit der kleinen Schaufel weiter. Immer schneller und schneller. Die intensiven Sonnenstrahlen brennen auf meinem Körper. Mir wird heiß, und ich beginne zu schwitzen. Es stört mich nicht, denn ich habe nur eines im Kopf. Noch größer muss das Loch werden. Ein unbeschreiblicher Drang erfasst mich, mich in die Vertiefung zu legen. Wie mein Kind eingebettet zu sein, geborgen und beschützt von Mutter Erde. Ruhe zu haben vor den Blicken in meinem Umfeld, die von Mitleid triefen, und vor meiner immer wiederkehrenden Frage: Warum mein kleiner Sonnenschein? Ich möchte meine Augen verschließen vor der Zukunft: Mit meinem Mann wird es nie mehr so sein wie früher. Habe ich ihn auch verloren? Haben wir uns in der Trauer verloren? Ich lege die Schaufel weg und beuge mich erschöpft vor. Das Gezwitscher erreicht mich nur noch als gedämpftes Wispern. Groß ist das Loch geworden. Je intensiver ich hineinblicke, desto dunkler erscheint es mir. Feuchtigkeit steigt auf und löst auf meiner Haut ein Kribbeln aus. Oder ist es der

Gedanke, mich hineinzulegen, zusammengerollt wie ein Embryo, der mir plötzlich absurd vorkommt, ja Angst einflößt? Einige Tränen sammeln sich auf den unteren Lidrändern, schwappen über und rollen nach und nach langsam über meine Wangen. Da tauchen wie aus dem Nichts ein Paar Turnschuhe neben mir auf, und eine Hand legt sich auf meine Schulter. Ich zucke zusammen, doch ich wehre sie nicht ab. Wie aus der Ferne dringt eine vertraute Stimme an mein Ohr: „Nina, komm. Gehen wir auf die Terrasse." Ich wische mit einem Handrücken über die Augen, drehe den Kopf und blinzle zu Patrick hinauf. Ein ernster, aber von Wärme erfüllter Blick trifft mich. Ein Blick, im dem sich die Sorge um mich widerspiegelt. „Lass uns frühstücken. Und nachher werden wir das Röschen gemeinsam einpflanzen. Einverstanden?" Er streckt mir seine Arme entgegen. Ich rubble meine Hände kurz aneinander, um sie von der gröbsten Erdschicht zu befreien. „Einverstanden", flüstere ich. Als mich Patrick zu sich hochzieht, lächle ich ihn dankbar an.

Und ewig pfeift das Murmeltier

Richard lässt den Griff des Rollkoffers los und stellt die Tasche mit dem Laptop auf die Kommode. Einen Moment verharrt er in der Garderobe. Sie ist immer noch da. Seit vier Monaten hat sie mit einer Selbstverständlichkeit die Räume im Haus belegt. Wohin er auch reist und wie lange er fortbleibt, sobald er eintritt, erwartet ihn die Stille. Unsichtbar und schweigend nimmt sie ihn in Empfang. Bleibt an seiner Seite, bis er abends müde ins Bett fällt. Nachts, wenn er aufsteht, und am Morgen, bevor er die Augen öffnet, ist es das Erste, was er bemerkt. Richard wird wieder deutlich bewusst, dass er nur zwei Möglichkeiten hat: Sie zu akzeptieren oder eine einschneidende Entscheidung zu treffen. Er fühlt sich unter Druck gesetzt. Am liebsten würde er umkehren und das Haus verlassen, wie er es in letzter Zeit oft getan hat. Im Joggingoutfit und den Stöpseln in den Ohren Neil Diamonds *It`s a beautiful noise* hören und sich mit jedem Schritt ins Städtchen hinunter mehr und mehr aus dem Kokon befreien. Im Zentrum die Geräusche um ihn herum aufsaugen wie einen Schwamm. Sie wieder ausschwitzen beim Trip den Hang hinauf, bis er erschöpft vor seiner Haustür steht, wo ihn beim Eintreten die Keule der Ernüchterung trifft, da er die Stille mit doppelter Wirksamkeit spürt. Und wieder würde er sich feige fühlen und feststellen, dass er eine Entscheidung treffen muss. Ihm wird warm. Er lockert die Krawatte und riskiert einen Seitenblick in den Spiegel. Ein Hauch von Melancholie liegt über seinem bleichen Antlitz. *Nimm sie an. Betrachte sie nicht als Gegnerin, sondern als ein Wesen, das dich sanft zwingt, zur Ruhe zu kommen!* Wer hat gesprochen? Seine innere Stimme

„Ich gebe mir Mühe, jeden Tag", seufzt Richard. „Nur, es ist so verdammt schwer!"

Irritiert fährt er sich mit einer Hand durch sein dunkles, von einigen grauen Streifen durchzogenes Haar. Ist er überarbeitet, dass er Selbstgespräche führt? Er geht näher zum Spiegel. Seine Haarpracht hat nicht an Üppigkeit verloren, nur am Haaransatz bemerkt er die ersten Anzeichen von Geheimratsecken. Hat die Tragödie auch äußerlich seine Spuren hinterlassen? Und wenn dem so wäre? Es hätte keine Bedeutung mehr. Richard schreitet quer durchs geräumige Wohnzimmer, durch dessen breite Fensterfront ungehindert das Sonnenlicht fällt. Er schiebt zwei helle Stoffbahnen zur Seite und öffnet blinzelnd die Terrassentür. An diesem Herbstmorgen dringen nur Vogelgezwitscher und das sanfte Rascheln der Blätter an seine Ohren. Auf dem Gartensitzplatz in einer Ecke ruht der Gasgrill unter einer schwarzen Plastikplane. In der Mitte steht der Esstisch, umgeben von sechs

Stühlen. Die Einheit ist ungenutzt, als hätte sie der Möbellieferant soeben erst hingestellt. Keine vergessene Zigarettenschachtel samt Feuerzeug, keine gebrauchten Teller, Teetassen oder Bierflaschen belegen die Holztischplatte. Nichts deutet darauf hin, dass seine Tochter hier je gesessen, oftmals mit Tim und Freunden bis in die Nacht geplaudert und gelacht hat. Gelegentlich hat sich Richard in die Diskussionen eingeklinkt. Sie haben dem Senior, so fühlte er sich inmitten der jungen Generation, interessiert zugehört. Er hätte jetzt sogar über einen vollen Aschenbecher hinweggesehen, den monotonen Technosound ignoriert, wenn nur Anja da wäre. Sogleich spürt er wieder das beklemmende Gefühl in der Herzgegend. Auf dem Rasenstück, das kein Unkraut ziert, liegen nur einige Blätter als farbliche Tupfer. Die Hecken und Sträucher sind akkurat geschnitten. Der Gärtner hat dem Wildwuchs mit seinem Werkzeug radikal entgegengewirkt. Die Perfektion, auf die Richard bisher so viel Wert gelegt hat, gähnt ihn an. Um der Fernsicht in die Berge zu entgehen, dreht er sich um.

Wehmütig huscht sein Blick über die Fotos seiner Liebsten auf dem Sideboard. Auf einem umarmt Anja, ungefähr elf Jahre alt, ihre viel zu früh verstorbene Mutter. Stumme Zeitzeugen mit einem eingefrorenen Lächeln auf den Lippen. Wieder fällt ihm auf, wie ähnlich sich Mutter und Tochter sahen. Er streift an der offenen Küche vorbei, dessen Kombination kühle Eleganz ausstrahlt. Der schwarz und gold gesprenkelte Granitstein ist von Luiza, seiner portugiesischen Raumpflegerin, auf Hochglanz poliert worden. Verwaist stehen die Kaffeemaschine und die Saftpresse am gewohnten Platz. Während Richard die Stufen in den ersten Stock hinaufsteigt, umspielt ein zartes Lächeln seine Lippen. Silvia. „Liebster, wir sehen uns heute Abend wieder, ich muss die beiden Termine am Nachmittag wahrnehmen." Seine Freundin hat ihn das erste Mal auf seine Geschäftsreise begleitet. Hat er sie aus purem Egoismus gefragt? Um der Gefahr zu entgehen, dass er spätabends in irgendeiner schummrigen Bar beim fünften Hochprozentigen in Selbstmitleid verfällt? Während er den ganzen Tag in Meetings saß, hat sie die fremde Stadt erkundet und ihm abends begeistert von ihren Eindrücken erzählt. Und ihm ist erneut klargeworden, dass er mit dieser Frau zusammenleben will. „Nichts eilt, Richard, wir haben Zeit." Silvia fehlt ihm jetzt schon. Es geht ihm besser, sobald er an sie denkt. Abrupt bleibt er vor der geschlossenen Zimmertür seiner Tochter stehen. Plötzlich verspürt er eine Müdigkeit in seinen Gliedern. Er hat die letzten vier Monate noch mehr als sonst gearbeitet, ist spät am Abend nach Hause gekommen und hat sich dank einer Tablette in einen kurzen Tiefschlaf fallen lassen. Täglich kommt er sich wie ein Artist auf einem Hochseil vor. Nur nach vorne schauen, um der Trauer nicht die kleinste Chance einzuräumen, ihn aus der Balance zu werfen.

Sein Blick wandert mit einer Furche zwischen den Augenbrauen über die weiße Tür. Dahinter verbirgt sich Anjas Reich. Sie ist so plötzlich erwachsen geworden. Sein Puls steigt, sein Atem geht schwer, als er die Hand an die Klinke legt. Er muss es tun, er hat es schon zu lange hinausgezögert. Langsam öffnet er die Tür, und mit Füßen wie aus Blei betritt er den Raum. Er kommt sich wie ein Eindringling vor. Seit dem Drama hat er dieses Zimmer nicht mehr betreten. Nur Luiza hat er beauftragt, einmal pro Woche Staub zu wischen, aber nichts zu verändern. Er hätte Anja an dem Morgen vor vier Monaten nicht alleine lassen dürfen. Nicht am ersten Todestag ihres Freundes. Er hätte die Geschäftsreise an einen Kollegen delegieren sollen. Warum hat er es nicht getan?

„Zum Frühstück bin ich zurück", hat er Anja bei der Abreise versichert.

„Und dann bin ich für dich da."

Abgelenkt sollte sie werden, um den schweren Tag zu überstehen. Ausgerechnet an dem Morgen der Rückreise musste das Flugzeug, kaum hatte es die

Reisehöhe erreicht, aus unerklärlichen Gründen umkehren. Auf seinen WhatsApp-Anruf hat sie nicht reagiert, so hat er ihr in einem möglichst lockeren Ton auf die Mailbox gesprochen. „Anja, hallo, hier spricht dein Vater. Der Flieger hat leider Verspätung. Ich sitze noch am Flughafen fest, aber gleich geht's los. Wenn du den Tag mit jemand anderem verbringen möchtest, kein Problem, meine Liebe. Aber dann schreib mir kurz, ja? Bis bald." Kein Lebenszeichen. Mit zwei Stunden Verspätung konnte das Flugzeug abheben. Die innere Unruhe nahm zu, als er, kaum den Heimatboden betreten, sie vergeblich zu kontaktieren versuchte. Mit_ überhöhter Geschwindigkeit fuhr er nach Hause. Als hätte er es geahnt. Zwei Polizisten standen vor dem Haus. Er hatte die Nachricht noch nicht richtig aufgenommen, als sich unter seinen Füßen ein tiefes Loch auftat, in das er fiel. Endlos dem dunklen Erdmittelpunkt zu. Würde er immer noch fallen, ohne Silvia? Richard schluckt leer. Sein Herz krampft sich zusammen. Er als Vater hätte es wissen müssen. An diesem entscheidenden Tag hat er versagt. Unterlassene Hilfeleistung. Er hätte verurteilt werden müssen.

„Hör auf, dich für ihr Handeln verantwortlich zu fühlen! Anja war erwachsen, und niemand, Richard, hörst du, niemand konnte ihr Vorhaben voraussehen!"

Silvia hat ihn an den Armen gepackt und geschüttelt, als er ihr einige Tage später mit versteinerter Miene sein Schuldgefühl gestanden hat. Richard gibt sich einen Ruck, geht in Anjas Zimmer zwischen Schreibtisch und Bett zum Fenster und öffnet es, um frische Luft hereinzulassen. Diese Aussicht! Immer wird sie ihn an das Geschehene erinnern. Als er sich umdreht, steht sein nächster Schritt klar und deutlich fest: Er wird das Haus verkaufen. Er schaut auf die Armbanduhr. Es ist noch nicht zu spät, heute einen Makler anzurufen. Silvia taucht für einen Sekundenbruchteil vor seinem geistigen Auge auf. Ambivalente Gefühle schwingen hin und her, als säße er auf einer Achterbahn. Er blickt um sich. Tadellos aufgeräumt hat Anja ihr Zimmer hinterlassen. Ein Zustand, der ihn auch jetzt befremdet, denn so hat er das Zimmer in keiner Lebensphase seiner Tochter angetroffen. Sie hatte Ordnung geschaffen mit der Absicht, nicht mehr wiederzukommen.

„Ich brauche dieses koordinierte Chaos, nur so fühle ich mich wohl", waren jeweils ihre Worte. Anjas Mutter hatte sich über die permanente Unordnung bei ihm oft beschwert, doch er hielt sich aus den Debatten heraus.

„Eines musst du wissen, Papa, Silvia ist nett. Sollte sie hier einziehen, ist das ok. Aber sie hat sich nicht in mein Leben einzumischen. Und das hier ist mein Reich."

Kein einziges Kleidungsstück liegt auf dem Überwurf. Wo sind all die Nippsachen hin? In einer der Schachteln im Bücherregal? Auf ihrem Schreibtisch liegt nur ihr Laptop und obenauf ein Lavastein. „Siehst du, Papa, wie der Basalt silbrig schimmert? Der erste Blick täuscht nämlich. Er ist nicht einfach nur schwarz. Er ist lebendig. Ein Geschenk von Tim." Doch für Richard ist dieser Klumpen nur schwarz und tot. Nichts deutet darauf hin, dass hier eine Jurastudentin über einem Stapel Bücher tagein, tagaus gebüffelt hat. Stolz ist er auf sein Mädchen gewesen, als sie den Bachelor abgeschlossen hat. Als Richard zur Pinnwand geht, beschleicht ihn ein mulmiges Gefühl. Warum quält er sich? Soll er die Fotos in einen Karton legen oder in die unterste Schublade? Noch bevor er sich die Frage zu Ende gestellt hat, weiß er, dass er dazu nicht im Stande ist. Anja im Sandkasten, mit ihren Eltern auf einer Wanderung, huckepack auf Papas Schultern, mit Mitstreiterinnen auf einer Demonstration. Und immer wieder Anja. Mit ihrem strahlenden Lächeln, mit Augen so klar wie ein Bergsee und ihrem hellen feinen Haar. Selfies alleine, zu zweit, in der Gruppe. Fröhliche, Grimassen schneidende Gesichter blicken ihm entgegen. Auf allen Fotos sieht er das Gleiche: Eine Unbeschwertheit, das

Privileg der Jugend. Einige Fotos sind dabei, die er noch nie gesehen hat. Verwundert überfliegt er nochmals die Collage. Von Tim, ihrer großen Liebe, ist kein einziges dabei.

„Er ist einfach ausgerutscht, Papa. Rücklings gefallen. Ich konnte seine Hand nicht halten. Seinen entsetzten Gesichtsausdruck sehe ich immer noch vor mir. Dieses Bild geht mir nicht mehr aus dem Kopf. Die Felsen um uns herum. So schroff und hart. Und alles war so still. Kein Schrei, nichts. Nur dieses schrille kurze Pfeifen eines Murmeltiers. Mehrmals hat es gepfiffen. Ich höre das jetzt noch."

Hier in diesem Zimmer, auf dem Bett hockend, hat sie sich, von Weinkrämpfen geschüttelt, an ihn gelehnt. Blind von Tränen war ihr Blick, ihre Stimme nur mehr ein Flüstern:

„Dieses Pfeifen verfolgt mich bis in den Schlaf. Papa, ich kann nie mehr in meinem Leben in die Berge."

Tim hat seine Freundin nicht mitgerissen. Aber ihr offenes Lachen. Richard zuckt zusammen, als die Tür infolge des Durchzugs hinter ihm zuknallt. Er fährt herum. Da sieht er das Bild. Haltsuchend lehnt er sich an den Schreibtisch. Er verspürt ein Würgen im Hals, und Tränen steigen hoch. Hier hängt er, der Schuldige. Tim, der angehende Geologe, lächelt dem Betrachter auf einem großen Foto an der Tür entgegen. Ein spitzbübisches Lächeln. Der junge Mann sitzt auf einer Alpwiese, neben ihm liegt ein Rucksack. Richard hat den sympathischen Burschen sofort ins Herz geschlossen. Er vertrat vernünftige Standpunkte, war weltoffen und zielstrebig in gesundem Maß. Ja, sie passten gut zusammen. Er spürt, wie sein Adrenalinpegel steigt und sein Blut in Wallung bringt. Richard geht zur Tür und bleibt dicht vor dem Foto stehen, das Post-It-Zettelchen mit Zeichen und Sätzen einrahmen. Er blickt dem jungen Mann in seine dunkelbraunen, warmen Augen. In Augen, die Glück und Gelassenheit ausstrahlen.

„Wenn sie dich nicht kennen gelernt hätte", faucht Richard, „wäre meine Tochter noch am Leben. Warum hast du nicht aufgepasst?"

Er trommelt mit den Fäusten an die Tür. Seine Stimme nimmt an Volumen zu.

„Du kanntest dich doch in den Bergen aus. Wie konnte das passieren? Was hast du uns angetan?"

In der nächsten Sekunde reißt Richard mit einer Hand das Foto entzwei.

„In meinem Haus lächelst du nicht von der Wand!" Noch zwei, drei Handbewegungen, und Fetzen des Hochglanzpapiers und die gelben Zettelchen belegen das Parkett. Nur die Eckstücke bleiben an der Tür haften. Erschrocken und schwer atmend tritt Richard einen Schritt zurück. Schweißperlen belegen seine

Stirn. Er tapst rücklings, lässt sich aufs Bett sinken und schlägt die Hände vors Gesicht.

„Entschuldige, Anja", murmelt er, „ich … ich wollte das nicht."

Unkontrolliert bricht der Schmerz aus seinem tiefsten Inneren. Richard schluchzt, und seine Schultern beben. Fünf Jahre waren Anja und Tim ein Paar gewesen.

„Papa, mach' dir nicht so viele Sorgen, ich komm' schon wieder auf die Beine."

Anja hat ihm die starke Frau vorgespielt. Wie düster muss es in ihrer Seele ausgesehen haben? Er wischt sich einmal über die Augen. Aus einem Paket Taschentücher auf dem Nachttisch zieht er eines heraus. Hat sie jede Nacht durchgeweint? Hätte sie sich ihrer Mutter eher anvertraut? Richard schnäuzt sich. Mit geröteten Augen schaut er zur Tür und stellt sich vor, wie Anja im Bett gelegen und mit ihrem Liebsten Blickkontakt aufgenommen hat beim spärlichen Schein der Nachttischlampe. Mit ihm Zwiesprache gehalten hat, jeden Abend. Richard spürt ein Kribbeln auf seiner Haut. Er schüttelt den Kopf. Das hält kein Mensch lange aus.

„Weißt du, Papa, er ist es, ich spüre das so tief im Herzen, diese Verbundenheit. Wir verstehen uns super, er strahlt so eine Wärme aus, so ein Vertrauen. Spricht er nur ansatzweise einen Gedanken aus, hatte ich soeben die gleiche Idee. Seelenverwandt nennt man das. Und auf diesen Menschen treffe ich. Was für ein Glück! Wir kämpfen beide, wenn auch auf unterschiedliche Weise, für unseren Planeten. Wie kann ich weiterleben ohne ihn? Sag mir das, Papa."

Hätte er ihr sagen sollen, dass die Zeit die Wunden heilt? Er muss hier raus. Richard steht abrupt auf und schließt das Fenster. Magisch bleibt sein Blick auf dem Schreibtisch haften. Einen Moment zögert er und öffnet dann, einer inneren Eingebung folgend, die oberste Schublade. Da liegt es, das schlichte Schulheft mit dem giftgrünen Deckblatt, das ihm vom Gang her immer irgendwo entgegenblitzte. „Verzeih mir, Anja, wenn ich das jetzt tue."

Mit zwei Fingern schlägt er das Heft auf. Auf der ersten Seite klebt ein Foto. Darauf sind Anja und Tim eng auf einer Bank sitzend in der Abenddämmerung zu erkennen. Er schlägt die Seite um. Was er da liest, hat er nicht erwartet. Fassungslos blättert er die nächsten paar Seiten um. Er hört ihn ganz dicht am Ohr, den Hilfeschrei. Wenn sein kleines großes Mädchen mit ihm gesprochen, einmal eine Andeutung gemacht hätte, wie es um ihre Gemütsverfassung stand. Wenn er diese Zeilen je zu Gesicht bekommen hätte. Hätte, hätte, wenn … Kraftlos lässt Richard das Heft auf den Schreibtisch sinken. Es ist zu spät. Da ist er wieder, dieser immense Druck auf seiner Brust. Erneut rollen ihm Tränen über die Wangen. Nochmals nimmt er das Heft in die Hände und lässt die Blätter wie einen Fächer durch seine zittrigen Finger rauschen. Die Seiten hat sie Zeile für Zeile in ihrer schönen Handschrift, wie in Trance, mit immer demselben Satz ausgefüllt. Und immer steht das Datum daruntergeschrieben. Die hintersten Blätter sind leer geblieben. Er blättert zur letzten beschrifteten Seite zurück. Mit wässrigen Augen schaut er auf das Datum, das vor ihm verschwommen auf und ab tänzelt. Richard meint, sein Kreislauf spiele ihm einen Streich, denn seine Knie geben nach. Er setzt sich schwer atmend auf den Stuhl. Das Datum ist ihr Todestag und bildet den Abschluss der letzten Wiederholung des Satzes: Und ewig pfeift das Murmeltier.

Das überraschende Geschenk

„Darf ich um eure Aufmerksamkeit bitten?", ertönt Martins sonore Stimme, nachdem er einige Male mit einem Löffel an sein Glas getippt hat. An den Sechsertischen im Saal des rustikalen Restaurants verebbt das Lachen, die Stimmen gehen in ein Murmeln über und verstummen. Die Serviceangestellte verlässt diskret den Raum. Alle Augen sind auf den Mann im weißen Poloshirt und der schwarzen Jeans gerichtet, der vor der holzgetäfelten Wand steht.

„Liebe Gäste, wir sind hier, um den Geburtstag meiner Mutter zu feiern."

Und er blickt Luisa mit einem liebevollen Blick an. „Du hast die Siebzig mit Würde, Energie und trotz einiger Hürden erreicht. Mir bist du seit jeher ein Vorbild, da dein Lebensmotto auch heute noch lautet: Im Hier und Jetzt leben und stets offen sein für Neues. Möge dich außer der Gesundheit dein Humor ins nächste Jahrzehnt begleiten. Ohne Humor, da machen wir uns nichts vor, wäre das Leben manchmal kaum auszuhalten."

Martin, mach's kurz, streift ihn der tadelnde Blick seiner Frau Theodora. „Liebe Mama, ich wünsche dir, dass du noch lange gesund in unserer Mitte verweilst und dir das Leben und deine bevorstehende Reise Interessantes und Erfreuliches bieten. Neugierig warst du schon immer, und du beweist es erneut, indem du dich morgen Abend in den Nachtzug setzt und ...."

Die Worte ihres Sohnes ziehen wie ein sanfter Sommerwind an Luisas Ohren vorbei, während das Bild im üppig verzierten Goldrahmen ihr gegenüber sie fesselt. Das vorwiegend in Weiß und beigen Pastelltönen gemalte Werk zeigt die „Gotthardpost" von Rudolf Koller. Luisa erinnert sich, dass das gleiche Bild, nur in einem schlichten Rahmen, bei ihrer Großmutter in der Stube hing. Schon als kleines Mädchen hatten sie die Pferde fasziniert, die die staubige Passstraße schnaubend hinuntergaloppieren und einem Kälblein hinterherjagen.

„Großmutter, warum weht es den Hut nicht vom Kopf des Kutschers?"

Luisa weiß noch genau, was diese ihr geantwortet hat:

„Vielleicht passiert das nach der nächsten Kurve", und sie haben gelacht. Noch einmal möchte Luisa den Arm der Großmutter auf ihren Schultern spüren und ihre warme Stimme in sich sinken zu lassen. Martins Räuspern holt sie aus ihren Erinnerungen, indem er auf sein Glas deutet und sagt:

„Es ist halbvoll, so sollten wir das Leben betrachten. Trinken wir auf meine liebe Mutter!" Alle prosten der

Jubilarin zu und nippen am Glas. Luisa, in einem beigen Hosenanzug und mit brauner Kurzhaarfrisur, erhebt sich.

„Ich danke dir, Martin, für deine lieben Worte, und euch allen für euer Kommen. Auch für die Geschenke, obwohl ich euch gebeten habe, mir keine zu machen. Aber wie so oft habt ihr meinen Willen ignoriert. Ich verzeihe euch."

Während Martin sich zwischen sie und Theodora setzt, fährt Luisa mit einer melancholisch angehauchten Stimme fort:

„Die Jahre sind wie im Fluge vergangen. Nutzt die Zeit, das Leben ist facettenreich, aber kurz. Und jetzt bedient euch am köstlichen Dessertbuffet, Kalorienzählen könnt ihr ab morgen wieder."

Luisa setzt sich wieder.

„Jawohl", ruft ihr Lieblingscousin Alfons vom Nachbartisch, stupst seine Frau mit dem Ellbogen an, rückt den Stuhl nach hinten und wälzt sich als erster zum Büffet.

„Ich freue mich so auf die Reise, Martin, du weißt gar nicht wie."

Jetzt hast du alle Freiheit, seit dir dein vierbeiniger Liebling nicht mehr am Bein klebt. Diesen Gedanken auszusprechen verscheucht Martin blitzschnell. Er tätschelt Mutters Hand.

„Schade, dass Florian nicht kommen konnte. Und Hannah. Aber vielleicht hätten sich die jungen Leute gelangweilt."

„Also Hannahs letztes Opening mit den minimalistisch wirkenden Bildern hat mich nicht angesprochen", sagt Maria, eine Freundin Luisas.

„Ich dachte, die malt ausschließlich Pferdebilder", wirft Luisas ältere Schwester stirnrunzelnd ein.

„Hannah ist vielseitig. Mir gefällt, dass sie keinem Trend hinterherstrebt", erwidert Luisa.

„Ich bewundere kreative Menschen, die, wie steinig der Weg auch ist, ihr Ziel verfolgen und ihre Leidenschaft ausleben. Diese Leute muss man unterstützen."

„Das tust du ja bei Hannah sehr großzügig", giftet Theodora, während sie in ihr leeres Glas stiert. Martins mildes Lächeln verschwindet, als er die harten Züge um den Mund seiner Frau wahrnimmt. Als Theodora zu einer halbvollen Weinflasche auf der Mitte des Tisches greifen will, fasst er ihre Hand und hält sie einen Moment fest:

„Lass das bitte, Thea. Es ist genug."

„Und das bestimmst du?"

Wie ein erlösender Engel schwebt eine Bedienung an ihren Tisch und fragt nach den Kaffeewünschen.

Martin bestellt zwei Espressi. Als sich die Gäste später verabschieden, blinzeln einige Martin verräterisch zu.

„Thea fühlt sich nicht gut. Ich habe ihr ein Taxi bestellt", erklärt Martin auf dem Parkplatz mit einem schuldbewussten Seitenblick auf seine Mutter.

„Ist ja nichts Neues", sagt Luisa, während sie einsteigt.

„Man muss im Leben Entscheidungen treffen."

Martin startet den Motor.

„Ich habe verstanden, Mutter. Und ich danke dir."

„Wofür?"

„Dass du kein einziges Mal zu mir gesagt hast: Ich habe es von Anfang an gewusst, die Heirat mit Thea war ein Fehler."

Luisa betrachtet das Profil ihres Sohnes und stellt erstaunt fest, wie licht sein hellbraunes Haar geworden ist. Sie streicht ihm einmal über den Oberarm und sagt:

„Ich will nur, dass es dir gut geht, mein Junge."

Neugierig schaut Luisa aus dem Fenster.

„Wohin fahren wir denn?", fragt sie.

„Lass dich überraschen."

Nach einer Weile biegt ihr Sohn von der Landstraße ab, fährt über einen Schotterweg direkt auf eine Scheune zu, an deren Längsseite einige Autos geparkt sind.

„Das ist jetzt nicht wahr!" ruft Luisa mit strahlenden Augen.

„Wir besuchen Hannah? Martin, die Überraschung ist dir gelungen!"

„Wart's nur ab", sagt dieser schmunzelnd.

„Es ist noch nicht aller Tage Abend."

Als Luisa aussteigt, deutet sie erstaunt auf die anderen Autos.

„Ich kenne doch diese Vehikel. Was machen ...?"

Da schwingt unter Knarren ein Flügel der großen Holztür auf, und karibische Klänge lullen sie ein. Ein schlaksiger Jüngling tritt zur Seite und macht grinsend eine einladende Geste:

„Hereinspaziert. Hi Oma, hi Paps."

Luisa geht mit offenen Armen auf ihren Enkel zu.

„Florian, du Schlingel, von wegen Handballtraining! Hat mich doch gewundert."

Sie haucht ihm zwei Küsse auf die Wangen.

„Gut schaust du aus, mein Großer, bist du verliebt?"

„I wo! Aber du siehst spitze aus, Oma! Feiern wir deinen Sechzigsten?"

„Schmeichler!"

Martin begrüßt seinen Sohn mit einem Schulterdrücken. Im diffusen Licht der ehemaligen Scheune, die nun als Atelier genutzt wird und heute mit vielen Lämpchen dekoriert ist, wiegen sich die Gäste zur Musik. Einige sitzen an einem langen Tisch, auf dem die Gläser in den schillerndsten Farben funkeln. Eine Frau um die dreißig, in bunten Pluderhosen, Top und einer weiten Bluse, kommt den dreien freudestrahlend entgegen.

„Schön, dass ihr da seid! Herzliche Gratulation zum Geburtstag, meine Liebe", sagt Hannah, umarmt zuerst Luisa und dann Martin.

„Wir beide haben gedacht, dass es dir gefallen könnte, im kleinen Kreis weiterzufeiern. Willkommen im Reich der Farben und Gerüche."

Nachdem Luisa alle begrüßt hat, nimmt Hannah sie bei der Hand und führt sie mit feierlicher Miene zu einer Wand, an der ein einziger Rahmen wie von Christo umhüllt hängt. Eine Spotlampe beleuchtet den Stoff.

„Mein Geschenk an dich, liebe Luisa. Zum Geburtstag. Oder einfach, um danke zu sagen. Ich hoffe, es spricht dich an. Bist du bereit?"

„Ja, bin ich." „Florian, bitte."

Hannah gibt dem jungen Mann ein Zeichen.

„Oh, nein!" Luisa legt eine Hand auf ihre Brust, und ihre Augen werden wässrig, als sie auf die Leinwand blickt.

„Du hast immer wieder von der Gotthardpost erzählt, die dich in deiner Jugend so beeindruckt hat", sagt Hannah, „und da dachte ich mir, ich gestalte diese Momentaufnahme moderner und baue Rocco mit in die Szene ein. Ich weiß, dass es dich sehr getroffen hat, als dein Hund dich verlassen hat. Er war ein tolles Kerlchen."

Sie fährt fort: „Musst jetzt nichts sagen. Nimm das Bild mit nach Hause und lass es auf dich wirken. Irgendwann gibst du mir ein Feedback."

Einige Sekunden herrscht Schweigen. Luisa geht näher zum Bild, dann wieder einige Schritte zurück. „Mein Liebling auf einer Leinwand verewigt", flüstert sie gerührt.

„Wunderbar hast du seinen treuen Blick getroffen, sein flauschiges Fell. Und das Temperament der Pferde. Der Kontrast mit Licht und Schatten. Ich bin überwältigt, Hannah. Herzlichen Dank." Und während sich die beiden Frauen umarmen, klatschen die anderen in die Hände.

„Kommt, lasst uns darauf anstoßen!" sagt Hannah. Als wenig später die Gäste in ein anregendes Gespräch über Hannahs Werke vertieft sind, zieht es die Jubilarin zu ihrem Geschenk. Trotz der Aussparung von Farben an einigen Stellen vermitteln die stampfenden Pferde eine Energie, die sie auch jetzt wieder fesselt. Wehmütig wird Luisa zumute, als sie in Roccos Augen glaubt, einen Anflug von Sehnsucht festzustellen. Auf einmal erscheint er ihr klein und verloren am Wiesenrand. Als Martin sich zu ihr gesellt, sagt sie:

„Gute Kunst besitzt einen herausfordernden Inhalt, der bei kurzer Betrachtung begeistert ...“

„... und zugleich eine längere Reflexion erlaubt, die jedoch nie abschließend ist“, ergänzt er und legt einen Arm um die Schulter seiner Mutter. Da stellt sich Florian neben das Bild und schaut zuerst zu seiner Großmutter, dann zu seinem Vater.

„Na, sag schon, was du denkst“, ermuntert ihn Luisa.

„Ehrlich? Ich hoffe, du bist nicht enttäuscht, Oma.“

„Pass auf, was du sagst“, meint Martin scherzhaft. Florian wirft einen Blick über die Gästeschar, um sich zu vergewissern, dass die Künstlerin außer Hörweite steht.

„Ich hätte das Kalb hierhin auf die Wiese gemalt und deinen Hund an vorderster Stelle. Rocco war nicht nur cool und lustig, sondern auch ein Speedy. Dass die Post abgeht, hätte ihm mega gefallen.“

Luisa betrachtet schweigend das Bild. Dann lächelt sie und sagt: „Wow, Florian, ich staune. Und bin ganz deiner Meinung.“ Sie zwinkert ihm zu.

„Bleibt aber unser Geheimnis.“

Das Gemälde

„Wir schließen in wenigen Minuten" blafft die Kassiererin genervt.

„Ich habe mein Handy liegen lassen und will es ..."

„Soll Sie jemand begleiten?"

„Nein, danke, ich kenn den Weg", erwidert Bolliger, umrundet den Eintrittsschalter und tritt ins Freie. Er steckt die Hände in die Taschen des Regenmantels und wirft einen kurzen Blick zum Schloss. Majestätisch zeichnet es sich gegen den wolkenverhangenen Himmel ab. Zügig geht er über den Kiesplatz zur Treppe. Als er den Seiteneingang erreicht, steht zu seiner Erleichterung die Tür offen. Bolliger blinzelt, als im langen Gang eine humpelnde Gestalt auf ihn zukommt. Er kann das Gesicht gegen den hellen Hintergrund nicht erkennen. „Für eine Besichtigung ist es zu spät."

„Ich habe was vergessen."

„Wissen Sie, in welchem Raum ...?"

„Ja, ja", erwidert der Besucher ungehalten.

Die Gestalt drückt sich in eine Nische und ist plötzlich verschwunden. Bolliger durchquert die leere Eingangshalle. Stumme Zeitzeugen in Ritterrüstungen sind lebensgroß auf einer Wand verewigt. Er beschleunigt seine Schritte, denn er fühlt sich von ihnen verfolgt, als wüssten sie von seinem Vorhaben. Hastig steigt er die enge Wendeltreppe hinauf und bleibt auf dem zweiten Treppenabsatz stehen. Sein Herz rast. Er öffnet den obersten Hemdknopf und atmet einmal tief ein und aus. Totenstille kriecht aus jeder Ecke des kalten Gemäuers. Bolliger fröstelt. Seine Finger spielen mit dem kleinen Gegenstand in der Manteltasche, und ein spöttisches Grinsen huscht über sein Gesicht. Langsam geht er in Richtung Salon. Auf der Schwelle bleibt er einen Moment stehen. Die schweren Samtvorhänge vor den Fenstern lassen nur begrenzt Helligkeit in den Raum. Noch könnte er zurück.

Entschlossen tritt er ein. Düsternis empfängt ihn. Die Holztäfelung der Decke und die Möbel erscheinen ihm dunkler als beim letzten Besuch. Nur der große Kachelofen in der Ecke schweigt in Pastellblau. Plötzlich geht wie von Geisterhand das Licht in der Vitrine mit dem Porzellangeschirr aus. Er muss sich beeilen. Die Dielen knarren, als er quer durch den Raum zur Wand geht, an der in unterschiedlicher Höhe goldgerahmt die Porträts der Adligen hängen. Mit starrer Mimik scheinen sie den späten Gast zu taxieren. Bolliger bleibt neben dem Kamin stehen und betrachtet eingehend das Bild auf Augenhöhe. Die Frau hatte dem Maler ihre linke Seite zugewandt und ihn über die Schulter angesehen. Der Maler lässt den Betrachter an dem Blick teilhaben, der eigentlich nur ihm gegolten hat. Durch starke Helldunkelkontraste hat er das Gesicht hervorgehoben. Auf den Wangenpartien liegt ein Hauch von Rosa, und einige Falten, in zartem Grau angedeutet, beleben das Antlitz. Die aufgesteckten Haare, mit wenigen Glanzpunkten versehen, und den Spitzenkragen ließ er in den verschiedensten Schwarztönen in den Hintergrund fließen.

„Da staunst du!"

Bolligers Stimme durchbricht die Stille.

„Ich bin wiedergekommen. Als ich mit Nico zum ersten Mal hier war, traute ich meinen Augen kaum. Was erlaubst du dir, Weib, dich auf einer Leinwand verewigen zu lassen! Noch dazu inmitten der Edelleute! Aber um Anstand und Regeln hast du dich noch nie gekümmert."

Wut steigt in ihm hoch.

„Blind war ich damals, als ich dich nach meiner guten Marie, Gott hab sie selig, geheiratet habe."

Es kocht in ihm, und seine Stimme bebt:

„Du hast die Situation ausgenutzt, als ich nach ihrem frühen Tod in ein tiefes Loch gefallen bin. Zur Hölle hast du mir das Leben gemacht. Mir und meiner geliebten Tochter, deiner Stieftochter. Du schweigst?"

Der Mann blickt flüchtig, ohne merklich den Kopf zu drehen, zu den Porträts rechts und links.

„Hast dich mit den Adligen hier verbündet? Das wird dir nichts nützen." Bolliger holt das Messer hervor.

„Wie oft habe ich dich in meinen Träumen umgebracht. Im realen Leben war ich zu feige dazu."

Mit Daumen und Zeigefinger zieht er die Klinge aus dem Gehäuse und tritt näher zum Gesicht. Er zögert. Stechen oder kratzen? Wenige Millimeter vom Antlitz entfernt bewegt er das Messer über dem Mund hin und her.

„Bist du mit diesem Künstler durchgebrannt? Verklärt hat er dich gesehen. Oder war das dein Auftrag an ihn? Dein Mund hat liebliche Züge, deine Augen strahlen Güte aus. Güte? Was für eine Farce!"

Bolliger lacht höhnisch auf. Sein Herz schlägt schneller. Mit einer Hand hält er den Rahmen fest, mit der anderen setzt er die Klinge auf die Leinwand, die kaum spürbar nachgibt. In großen Bögen schabt er kreuz und quer die oberste Farbschicht ab. Andere Farbnuancen entsteigen dem Bild. Die einstmals geschmeidigen Ölfarben rieseln als trockene Partikel auf seine Schuhe herab. Er drückt mit aller Kraft. Das kratzende Geräusch beflügelt ihn, und seine Bewegungen werden schneller. Weg mit ihrem Zynismus, ihrem Kontrollwahn. Erschöpft und mit Schweißperlen auf der Stirn tritt er einige Schritte zurück, lehnt sich an den Salontisch und betrachtet sein Werk aus der Distanz. Nur noch ansatzweise ist der Umriss eines Kopfes zu erkennen. Es liegt in seiner Macht, ihn ganz zu vernichten. Fühlt er sich dann freier? Er meint, Schritte zu vernehmen, und wagt kaum zu atmen. Flüstert da jemand? Mit steifem Nacken suchen seine Augen jede Ecke ab. Einen Seitenblick riskiert er zum Gang. Einige Sekunden herrscht absolute Stille. Da ist sie wieder, die Stimme. Ganz nah am Ohr. Eine weiche Stimme. Meldet sich sein schlechtes Gewissen? Er will nichts hören und schüttelt den Kopf. Wenige Kratzer noch, dann würde er sich zufriedengeben. Als er dicht an das Bild herantritt, spürt er eine Hand auf seiner Schulter und weicht entsetzt zurück. Das kleine Messer gleitet ihm aus der Hand. Das Scheppern auf dem Boden bleibt aus. Ungläubig starrt er auf ein Gesicht. Eine sympathische Frau lächelt ihn an. Er kennt sie. Sie öffnet den Mund: „Hallo?" Bolliger blinzelt irritiert und blickt benommen seine Tochter an, die sich über ihn beugt. „Du hast ein Nickerchen gemacht, Vater." Sie richtet sich auf und schmunzelt: „Am helllichten Tag, das ist ja ganz was Neues!" „Oh, Miriam, tatsächlich?" Er setzt sich im Sessel gerade hin. Die dünnen Vorhänge bauschen sich am offenen Fenster und lassen Sonnenstrahlen über den Teppich gleiten. „Seit wann bist du da?" „Noch nicht lange", sagt sie und fügt an: „Hast du schlecht geträumt?" „Wieso? Habe ich etwas gesagt?", fragt Bolliger verlegen und greift sich an ein Ohrläppchen. „Nein, aber mit den Armen hast du herumgefuchtelt. So, als müsstest du etwas Lästiges vertreiben. Geht's dir gut?" „Ja, ja, lass uns aufbrechen." Er bleibt noch einen Moment sitzen. Seine Frau in der Ahnengalerie? Er schüttelt unmerklich den Kopf. Auch Nico ist sofort die frappante Ähnlichkeit der Gräfin mit seiner Großmutter aufgefallen. Bolliger räuspert sich, steht auf und schließt das Fenster. Sanft schiebt er seine Tochter in den Flur. „Wo ist denn mein Enkel? Kommt er nicht mit auf die Radtour?" Er schlüpft in seine Sportschuhe. „Nico ist bei den Nachbarn geblieben. Du weißt ja, die haben seit einigen Tagen einen jungen Hund." „Schade, ich habe mich auf ihn gefreut." „Tja", seufzt Miriam, „loslassen ist angesagt." Bolliger schnappt sich die Sonnenbrille vom Kästchen und öffnet die Haustür: „Wem sagst du das."

Späte Aussöhnung

„Dein Blick ist ernst, Vater. Sehe ich den Hauch einer Anklage in deinen Augen?" Spätabends steht Louis im Wohnzimmer vor dem Bücherregal neben dem Klavier. Eingehend betrachtet er das Portrait im Silberrahmen „Sprich es ruhig aus. Dein einziger Sohn hat versagt. Ist den Anforderungen im Job nicht mehr gewachsen. Tag und Nacht erreichbar bleiben, Verhandlungen führen mit einer immer anspruchsvolleren Kundschaft. Dann dieses ständige Aus-dem-Koffer-Leben. Hundertfünfzig Prozent habe ich mich tagtäglich eingesetzt! Siehst du, es ist wieder passiert. Warum habe ich neben dir immer das Gefühl, mich rechtfertigen zu müssen? Erinnerst du dich? Schon früher hat mich allein deine Anwesenheit dazu veranlasst, irgendwas zu meiner Verteidigung sagen zu müssen." Louis seufzt.

„Was soll's, lang ist's her."

Er löscht das Licht, geht müde in den oberen Stock hinauf und hofft, bis zum Morgen Schlaf zu finden. Am nächsten Abend schenkt sich Louis in der Küche ein Glas Rotwein ein, geht ins Wohnzimmer und setzt sich aufs Sofa. Nachdenklich schwenkt er den Burgunderkelch hin und her. Er hat beim Chef um unbezahlten Urlaub gebeten. Riskant in der heutigen Zeit, doch er fühlt sich schon länger dem Greisenalter erschreckend nahe. Beim Gedanken an die nächsten Wochen spürt er ein flaues Gefühl in der Magengegend. Wie soll er diese Zeit überstehen? Sorgen bereitet ihm nicht die fehlende Tagesstruktur. Aber ganz ohne Herausforderung? Er als Workaholic. Ihm hat zunehmend die Kraft gefehlt, sich täglich aufzuraffen und ins Büro zu fahren. Oder wieder den Koffer zu packen, um in einer anderen Stadt potentielle Investoren von einem Projekt zu überzeugen, das sich nicht selten im zweistelligen Millionenbetrag bewegte. Ein aufreibender Teil seiner Arbeit. Louis nimmt einen kräftigen Schluck. Wohltuend belebt das herbe Aroma seine Geschmacksnerven. Plötzlich durchdringt die Türglocke die Stille. Starr hält er das Glas in den Händen. Nochmals ertönt die Klingel. Er spürt seinen Herzschlag bis zum Hals. Mit Besuch hat er nicht gerechnet. Er schleppt sich zum Eingang und guckt durch den Spion. Charlotte? Er öffnet die Haustür.

„Entschuldige, Louis, dass ich dich einfach so überfalle. Aber du gehst ja nicht an dein Handy und da dachte ich mir ..."

„Ich lebe noch, und es geht mir gut, um deine Frage zu beantworten." Sich seiner harschen Worte bewusst, macht er eine einladende Geste.

„Möchtest du reinkommen?"

„Nein, ich will dich nicht stören. Aber könnte ich dich mal zu einem Spaziergang überreden?"

Im Schein der Eingangslampe erkennt er ihr warmes Lächeln. Das ist ihm bisher nicht aufgefallen.

„Das passt. Ich melde mich."

„Sicher?" „Sicher."

„Dann bis bald. Gute Nacht, Louis."

„Gute Heimfahrt."

Als Charlotte in ihren Wagen steigt, schließt er die Tür und ist erleichtert, dass sie seine Einladung zum Bleiben abgelehnt hat. Er hätte einen schlechten Gastgeber abgegeben. Louis setzt sich wieder, nimmt einen Schluck Wein und greift zur Tageszeitung. Irgendwann fällt sein Blick über deren Rand zum Foto.

„Was wäre geworden, wenn du noch leben würdest, Vater? Du würdest statt meiner hier sitzen und mich bitten, dir gegenüber Platz zu nehmen. ‚Welch seltener Gast', hättest du mich begrüßt. ‚Auch ein Glas Wein?' Ich würde ablehnen, wie meistens, wenn ich mit dem Auto unterwegs bin. Könnte ich dir verheimlichen, dass es mir nicht gut geht? Das Wort Midlifecrisis wäre nicht über deine Lippen gekommen. Hättest du mir einen Ratschlag gegeben? Oder geschwiegen wie so oft? Dein Schweigen war nicht einfach auszuhalten, denn ich konnte alles hineininterpretieren. Nein, ich ertränke mein Selbstmitleid nicht im Alkohol! Ich denke durchaus über meine Zukunft nach. Vielleicht lasse ich mich ins Ausland versetzen. Was hält mich hier denn? Oder ich mache mich selbständig. Hattest du nie das Bedürfnis, dich zu verändern? Als Geigenvirtuose hättest du überall spielen können. Wer bleibt heute noch dreißig Jahre im gleichen Orchester! Die Zeiten haben sich geändert. Das Business ist knallhart. Entschuldige, ich kann mich zurzeit selbst nicht ausstehen."

Louis leert das Glas in einem Zug und vertieft sich in das Tagesgeschehen. Irgendwann verschwimmen die Buchstaben vor seinen Augen, und er zieht sich ins Schlafzimmer zurück. Am nächsten Abend steht Louis wieder vor dem Portrait.

„Ist es nicht paradox? Ich schaue in deine gütigen Augen und spreche mit dir über das, was mich bewegt. Warum habe ich es nicht früher getan? Jetzt reut es mich, dass ich dich nicht öfters besucht habe. Nun ja, du hast dich mit deiner Schwiegertochter nicht verstanden. Ich benötigte etwas länger dafür."

Spontan setzt sich Louis ans Klavier, öffnet den Deckel und spielt wehmütig einige Takte.

„Ich erinnere mich noch genau, als du einmal im Monat mit deinen Freunden hier musiziert hast, mittwochs. Und immer musste ich vorher einige Stücke am Klavier zum Besten geben. Klassiker, versteht sich. Wie ich es gehasst habe, dieses Vorgeführtwerden vor den Profimusikern. War dir so richtig bewusst, dass ich als Jugendlicher hin- und hergerissen war? Talent allein reicht nicht, deine Worte. Es war mein Bestreben gewesen, deinen hohen Erwartungen zu genügen. Nach dem Üben sehnte ich mich nach einer kleinen Bestätigung von dir, ein Schulterdrücken oder nur ein aufmunterndes Nicken." Louis steht auf und schließt den Deckel.

„Meine rockigen Kompositionen hast du nur mitleidig belächelt. Das hat mich sehr getroffen. Tja, da hättest du dich nicht wundern müssen, dass ich mich für eine Karriere in der Wirtschaft entschieden habe. Ich habe es nie bereut. Ach, lassen wir es gut sein!"

Eines Nachmittags stöbert Louis in den Notenblättern, die zuunterst in der Bücherwand vor sich hin stauben. Er will es wagen und setzt sich ans Klavier. Ihm ist bewusst, dass er sich tief in die Klangwelt fallen lassen muss, damit er für deren Schwingungen empfänglich ist. Louis richtet die Blätter und beginnt mit einer Polonaise von Frédéric Chopin. Doch er findet sich in dem Notengemälde nicht so schnell zurecht wie erhofft. Ärger kriecht in ihm hoch, da er seinem Anspruch nicht gerecht wird. Sich eingestehen zu müssen, dass er sich überschätzt hat, reißt ihn in ein Loch. Sitzt ihm Vaters Stimme im Nacken, wie früher? „Knie dich hinein in das Werk, zerpflück es, schaff dir deine eigene Interpretation. Aber bleib dran. Halbheiten dulde ich nicht." Ist nichts vergessen? „Ich weiß, ich war ein ungeduldiger Schüler. Meine musikalischen Fortschritte hielten nicht Schritt mit meinem Ehrgeiz." Schon am nächsten Tag probiert er es erneut. Aufgeben ist keine Option. Louis fetzt über die Tasten, dass es ihm graust. Wechselt zu Beethovens Wut über den verlorenen Groschen. Verlässt haareraufend das Haus. Kehrt zu Chopins Polonaise zurück. Übt Passage um Passage. Kleine Fortschritte stacheln seinen Ehrgeiz an, und er widmet sich immer öfter dem Studium dieser Komposition. Spät an einem Abend sitzt er wieder auf dem Hocker. Der Anblick der stumm vor ihm liegenden Tasten lässt seinen Puls ansteigen. Er knetet seine Hände und legt los mit der markanten Einleitung. Sobald er die Tasten berührt, spürt er die innige Verbundenheit mit dem Instrument. Er prescht zum Hauptthema vor, wippt mit seinem Oberkörper vor und zurück. Lässt die bombastischen Töne an den Wänden abprallen, um sie in seiner Seele aufzufangen. Feuer brennt in ihm. Willkommenes Feuer, er spürt sich wieder. Seine Empfindungen schweifen ins Uferlose. Er zuckt mit den Schultern. Verliert sich in wuchtigen Oktaven. Hämmert das Forte in die Tasten, bis ihm die Fingerkuppen wehtun. Es macht ihm nichts aus. Er will die Energie wahrnehmen, die durchs Wohnzimmer, durchs ganze Haus strömt. Er lässt Klangphantasien leise durch den Raum tänzeln, bevor er sich im Finale nochmals in Ekstase steigert. Nach dem letzten Anschlag schnellen seine Finger von den Tasten, und ein glorreiches Lächeln breitet sich auf seinem Gesicht aus. „Was für ein Genie!", ruft Louis, den Kopf leicht nach hinten geneigt, und schielt zum Portrait. „Zufrieden?" Er streicht sich einige Locken aus der Stirn. „Warum musstest du dich so früh aus dem Leben ausklinken? Jetzt hätte ich Zeit, mich mit dir über diesen außergewöhnlichen Künstler zu unterhalten. Als Fünfzehnjähriger konnte ich mich nicht für Chopin begeistern. Heute bin ich bereit für seine Musik. Du fehlst mir, Vater. Ja, ich mache mir Gedanken um meine Zukunft, und nein, ich verkrieche mich nicht. Heute habe ich mich mit einem Freund zum Mittagessen verabredet und einige interessante Kontaktadressen erhalten. Außerdem widme ich mich dem Garten, dabei kriege ich den Kopf frei. Und ich gehe täglich spazieren, auch mit Charlotte." Ein mildes Lächeln streift sein Gesicht, als er an die sympathische Kollegin denkt. Louis atmet tief durch, bevor er mit sanfter Berührung die Nocturne Opus neun, eine in sich gekehrte Komposition, zum Leben erweckt. Adagio und immer wieder adagio. Das Piano nur hingehaucht, das Forte zurückhaltend. Als der letzte Klang verstummt, schaut er auf die Uhr: Es ist kurz vor Mitternacht. Da fällt ihm zwischen all den Notenblättern ein Blatt auf, auf dem schräg oben ein paar Worte stehen, von Vater in seiner klaren Schrift notiert: *Ich bin stolz auf meinen Sohn. Louis geht zielstrebig seinen Weg. Ich weiß, im Herzen liebt er die Musik.*

„Warum hast du es mir nie gesagt, Vater?"

Wehmütig legt er das Blatt zurück. Dann lächelt er in sich hinein. Nächsten Samstagabend geht er mit Charlotte ins Konzert. Ist es die Vorfreude, die sein Herz schneller schlagen lässt? Neben Haydn steht Berlioz auf dem Programm, ihr Lieblingskomponist. Zufall? Er war ein Freund Chopins. Louis ist gespannt. In jeder Hinsicht. Er schließt den Deckel und blickt zum Portrait.

„Ha, jetzt habe ich es gesehen, dein Schmunzeln. Gute Nacht, Vater."

Der Kauz

„Zweimal das Menü eins und ein Nussgebäck", ruft Sophie in die Küche und geht zur Theke, um die Beträge in die Kasse zu tippen. Ein Echo erwartet sie nicht, denn ihr Mann und sie sind ein eingespieltes Team. Und doch wünscht sie sich jetzt, dass Martin einmal die Routine aufbricht und ein paar nette Worte an sie richtet. Persönliche Worte, womit er ihr ein Zeichen gibt, dass er sie als die Frau an seiner Seite und nicht als Mitarbeiterin wahrnimmt. Wann hat er sie das letzte Mal mit einem Witz zum Lachen gebracht? Physisch ist ihr Mann anwesend, aber seine Gedankenwelt hält er verschlossen wie eine Auster. Oftmals antwortet er ihr mit einem Gemurmel, ohne von seiner Arbeit aufzublicken. Wortkarg ist er in letzter Zeit geworden. Sind das die ersten Anzeichen, dass sie sich auseinanderleben? Hat die tägliche Routine ihre Freude, ihr Zusammengehörigkeitsgefühl, zerpflückt wie ein Bündel Kräuter?

Sophie hebt den Hebel des Zapfhahns und lässt langsam die goldene Flüssigkeit in das schräggehaltene Bierglas fließen. Während sie mit leerem Blick auf den weißen Schaum stiert, der kontinuierlich an Volumen zunimmt, greift sie blindlings mit der freien Hand nach einem runden Tablett. Auch heute bemerkt sie den einzigen Gast, der unsichtbar in der leeren Gaststube hockt: die Stille. Sie stellt keine Forderung. An einem Tag wie heute ist sie Sophie sehr willkommen. Sie schätzt den Austausch mit den Touristen, da sich oftmals ein lustiges oder interessantes Gespräch ergibt. Aber heute könnte sie das Lachen und Geplauder der Gäste, die bei dem traumhaften Wetter auf der kleinen Terrasse sitzen, drinnen schlecht ertragen. Das Hantieren ihres Mannes und der Aushilfe Janine mit Tellern und Pfannen in der Küche nimmt sie schwach wahr. Nur das plötzliche Zischen des Öls erinnert sie an die Koteletts, die sie für die jungen Wanderer in Auftrag gegeben hat. Sieden die Kartoffeln schon? Nach einer Vierteldrehung des Glases stellt sie dieses auf das Tablett. Eine perfekte Schaumkrone ziert das Gebräu.

Beim Füllen des zweiten Glases schweift ihr Blick durch eines der Fenster auf der Südseite. Mittags dringt wegen des tief heruntergezogenen Daches kein direktes Sonnenlicht herein, was die Temperatur drinnen konstant angenehm hält. Melancholisch betrachtet sie die gefleckten Kühe vom Bürtschener Sepp, die gelassen auf der eingezäunten Alpwiese stehen und das Gras wiederkäuen. Hinter deren Rücken in der Ferne dominiert der Dreitausender, dessen zackige Gipfel in den Himmel stechen. Im engen Tal dazwischen liegt eingebettet das Dorf, in dem ihr

Mann aufgewachsen ist. Bis vor kurzem haftete in den Furchen der schroffen Felsen, die im Schatten liegen, ein letzter Rest von Schnee. In drei bis vier Wochen werden die Bergspitzen von einer weißen Pracht bepudert sein, die für Monate bleiben wird. Wiederholungen in der Natur, jahraus, jahrein. Auch ihr Leben ist im Rhythmus der Wiederholungen eingesponnen. Tagaus, tagein hat sie hier oben den gleichen Ausblick, macht sie die gleiche Tätigkeit, gibt es die gleichen Menüs. Anfangs hat sie ihrem Mann eine abwechslungsreichere Speisekarte schmackhaft machen wollen.

„Genau das lieben die Wanderer, die einfache Kost mit saisonalen Produkten aus der Region."

Martin kann so stur sein. Irgendwann hat sie resigniert. Die Küche ist sein Reich. Im Winter übernimmt sie den Käseladen im Dorf von ihrem Ältesten, der sich wieder eine Saison lang der Skischule widmet, und Martin leitet mit seinem Bruder den Skiliftbetrieb auf ihrem Hausberg. Wie jedes Jahr. Abends, wenn die Gäste mit der letzten Gondel hinuntergefahren oder ins Tal gewandert sind, sie über den Abrechnungen sitzt, spürt sie die Müdigkeit in allen Gliedern. Das ist nichts Ungewöhnliches, aber die Lustlosigkeit gibt ihr zu denken, die sie neuerdings durch den Tag begleitet. Drängt sich deshalb immer öfter derselbe Wunsch in den Vordergrund? Einmal aus dem Alltag aussteigen. Nur für einen Tag. Die Monotonie wie schwere Wanderschuhe ausziehen und in Halbschuhe schlüpfen, um die Leichtigkeit des Seins zu spüren. Ihren Mann an der Hand nehmen, ohne Plan fortgehen und den Anforderungen entfliehen. Seine Nähe wieder spüren, gemeinsam lachen und albern sein. Wie früher, als sie sich bei einem Regentag in die Polster des Kinos im Tal zurückgezogen haben. Sie erinnert sich, wie sie mit Martin, engumschlungen, bei Vollmond nächtliche Spaziergänge zum kleinen See in der Nähe unternahm. Ihr wird warm ums Herz. Vorhin hat Sophie zwischen den Sonnenschirmen hindurch weit oben am Himmel einen Heißluftballon gesichtet. Wie wäre es, nur von einem Korbgeflecht umgeben, die Welt aus der Vogelperspektive zu betrachten? Nur vom Wind gesteuert irgendwohin zu schweben? Ihr schaudert bei dem Gedanken. Den Mut dazu hätte sie wahrscheinlich nicht. Schuldgefühle kriechen in ihr hoch. Sind Träumereien nur jungen Mädchen vorbehalten? Versündigt sie sich? In ihrem Elternhaus waren Pflichtgefühl und Verantwortungsbewusstsein oberstes Gebot. Das Dankesgebet für das tägliche Brot war ebenso Bestandteil des Alltags wie der sonntägliche Kirchgang und die Nachbarschaftshilfe. Sie hat mit Martin einen treuen und arbeitswilligen Partner an ihrer Seite. Vor siebzehn Jahren hat sie zugestimmt,

mit ihm die Gaststube seiner Eltern zu übernehmen.
Vom Frühsommer bis in den Herbst sind sie täglich
für die Gäste da. Und sie hat drei wunderbare Kinder, die mit beiden Beinen im Leben stehen. Was will
sie mehr? Noch rechtzeitig schiebt Sophie den Hebel
des Zapfhahns nach oben und stellt auch das zweite
Glas aufs Tablett.

„Gleich nach dem Kamin rechts, dann die zweite
Tür", sagt sie monoton zu einem Gast, der nach der
Toilette gefragt hat. Mit routinierten Griffen betätigt
sie die Kaffeemaschine. Sie hätte allen Grund, zufrieden zu sein, denn dieser Sommer mit dem beständigen Hoch zog eine hohe Zahl an Gästen hier herauf.
Auch wenn sich das schöne Wetter bis zum Saisonende hält, hat sich der Aufwand wirtschaftlich bereits
gelohnt. Mit welchen Nebenwirkungen? Sie hätte gegen eine Pause von zwei oder drei Regentagen nichts
einzuwenden. Und Martin? Als sie sich umdreht und
auf den kleinen Teller mit dem einsamen Gebäck
schaut, wird ihr ganz eigenartig zumute. Spontan
nimmt sie einen Stift und zeichnet eine Sonne auf eine
weiße Serviette. Wie es ihre kleine Tochter mit Leidenschaft getan hat. Uhus waren ihre Lieblingsmotive. Immer hat Sophie irgendwo die aufmunternden
Symbole entdeckt, die ihnen beiden jedes Mal ein Lä-

cheln aufs Gesicht gezaubert hatten. Um der aufkei-
menden Sentimentalität keine Chance zu geben, atmet sie einmal tief ein und aus.

„Martin?"

„Was ist?", murrt dieser und sagt zu seiner Küchen-
hilfe:

„Janine, dämpf die Karotten, worauf wartest du?"
Als er sich zu Sophie umdreht, wirkt er angespannt,
und seine Haut glänzt. Sophie lächelt und wartet,
dass er nähertritt. Doch Martin lehnt sich an den
Spültisch und wischt sich flüchtig die Hände an einem Tuch ab.

„Ich wollte einfach nur hallo sagen", entgegnet sie
sanft.

„Du, ich hab zu tun. Ist was nicht in Ordnung?"

„Doch, alles gut."

Mit „Die beiden Salate sind gleich fertig" kehrt er ihr
wieder den Rücken zu. Was hat sie erwartet? Dass
Martin ihr sein spitzbübisches Lächeln schenkt? Das
ist schon vor langer Zeit verloren gegangen. Genauso
wie die kleinen Zärtlichkeiten zwischendurch. Kein
flüchtiger Kuss mehr, keine liebevolle Geste. Auch
heute ist wieder Funktionieren angesagt, obwohl der
große Ansturm bereits hinter ihnen liegt. Enttäuscht
verlässt Sophie mit dem Tablett in der Hand die Gaststube. Sie steigt die paar Stufen zur Terrasse hinunter

und serviert mit einem aufgesetzten Lächeln dem Ehepaar die Getränke.

„Haben Sie schon gewählt?" fragt sie, von einem zum anderen blickend.

„Oh, wir haben noch nicht in die Karte geschaut", sagt die Frau mit französischem Akzent lächelnd. „Die Aussicht ist so magnifique."

„Ja, das stimmt. Lassen Sie sich ruhig Zeit."

Dem Mann, der zuvorderst auf der Terrasse sitzt und mit einem Fernglas die Felswand nach Gämsen absucht, stellt sie den Kaffee und das Gebäck hin. Normalerweise würde sie ihn freundlich fragen, ob er eines dieser wendigen Tiere auf dem steilen Gelände erspäht hat. Stattdessen schaut sie sich kurz um, und da alle Gäste bedient sind, geht sie zur Treppe. Dort dreht sie sich um und bleibt einen Augenblick mit dem leeren Tablett vor der Brust stehen. Der Ballon ist nicht mehr zu sehen. Wehmütig denkt sie einen Moment an ihre beiden Jungen. Im Teenageralter haben sie dort drüben am Wiesenrand gesessen, geflüstert und sich abwechselnd den Feldstecher vom Vater gereicht. Speziell der Jüngste konnte sein Grinsen nicht verbergen. Er hat wortlos zum Berg gezeigt, dabei zu den Gästen geschielt. Tagelang haben sie die Gäste mit demselben Spiel gefoppt. Sie haben gewettet, welcher von den Gästen zuerst ihrem Blick folgt, ebenfalls nach dem Feldstecher greift, um die imaginären Gämsen zu erspähen. Es gibt sie durchaus, nur zeigen sich die Exemplare selten. Ihre Population ist sehr zurückgegangen. Auch die Besuche ihrer Buben sind selten geworden. Sophie genießt die wenigen Abende mit Verwandten oder Freunden, die dann in der Gästewohnung im zweiten Stock übernachten. Ein

„Zahlen, bitte" holt sie aus ihren Erinnerungen.

Am Abend, nach einem kleinen gemeinsamen Nachtessen und den letzten Aufräumarbeiten, bleibt Sophie im Türrahmen stehen. Zwei Kerzen brennen in den hohen Laternen auf der Treppe. Von drinnen dringt ein schwacher Lichtkegel auf den kleinen Sitzplatz im Westen. Wieder ist die Gegend in ein bläuliches Licht getaucht. Schwarz wie Scherenschnitte zeigen sich die Umrisse der Bergspitzen. Die göttliche Ruhe, die die Natur ausstrahlt, lässt Sophie entspannen. Dies muss auch auf Martin so wirken, denn er sitzt mit verschränkten Armen auf der Bank, eine Pfeife im Mund, und schaut zum Sternenhimmel. Der vertraute Geruch seiner Tabakmarke streichelt ihre Seele. Sie setzt sich neben ihn.

„Ist morgen Vollmond?"

„Übermorgen, glaube ich", antwortet er, die Pfeife kurz aus dem Mund nehmend.

„Weißt du noch?"

Sie deutet auf das Buch in ihrer Hand.

„Unsere kleine Franziska ist mit dem eines Abends gekommen, als sie was zum Vorlesen bringen sollte. Was haben wir gelacht."

„Ich erinnere mich noch genau", sagt er nach einem kurzen Seitenblick, ohne eine Miene zu verziehen.

„Die Weihnachtsgeschichte. Und das mitten im Sommer. Und jetzt sitzt sie in einer Schule in Westaustralien und büffelt Englisch."

Sophie lehnt ihren Kopf an seine Schulter.

„Warum müssen die jungen Leute immer möglichst weit wegfahren, um Sprachen zu lernen? Ich hatte nie diesen Drang", sagt er.

Sie weiß, dass er sein großes Küken sehr vermisst. Er und Franziska hatten, seit sie die ersten Worte brabbelte, ein besonders enges Verhältnis zueinander.

„Martin, ich will dich was fragen."

„Bitte, lass den Tag einfach ausklingen."

Sie setzt sich schräg zu ihm hin und schaut ihm tief in die Augen.

„Das tun wir jeden Abend. Jetzt muss es einfach raus. Können wir nicht einen Tag etwas gemeinsam unternehmen?"

Martin nimmt genüsslich ein paar Züge. Langsam nimmt er die Pfeife aus dem Mund und schaut seine Frau irritiert an:

„Wie stellst du dir das vor? Meine Eltern können nicht mehr einspringen. Mutter ist mit der Pflege des Vaters ..."

„Das weiß ich doch, aber ein Tag lässt sich organisieren, wenn man will. Einmal nur wir zwei allein."

„Aber wir sind doch zusammen, jeden Tag. Du wusstest von Anfang an, worauf du dich einlässt. Passt es dir nicht mehr hier oben?"

„Das ist es nicht, Martin. Du verstehst mich nicht. Wir haben uns schon vor zwei Jahren geschworen, nächstes Jahr nehmen wir uns zwischendurch mal einen Tag frei. Hast du das vergessen?"

„Bereust du es, damals ja gesagt zu haben, mit mir dieses Leben in der Einöde zu führen, sieben Tage die Woche?"

„Nein", sagt Sophie bestimmt.

„Ich bin gerne hier oben, und auch die Arbeit gefällt mir, die bunt zusammengewürfelten Gäste. Und doch empfinde ich den Alltag wie einen Kokon. Einmal ausbrechen, mit dir. Die Nähe zwischen uns spüren, bevor sie ganz verloren geht. Irgendwo hinfahren, wo es uns gefällt. Lass und einen Tag lang die Unbeschwertheit wieder spüren. Diese Saison ist besonders streng, das kannst du nicht leugnen. Und anschließend geht es im Tal weiter mit der Arbeit. Die Routine frisst uns auf, wir funktionieren nur noch. Merkst du das denn nicht?"

Sophies Finger umklammern das Buch so fest, dass ihre Knöchel weiß hervortreten.

„Irgendwann sind wir alt und uns fremd."

Der helle Ruf eines Vogels mischt sich in die Diskussion.

„Hast du es gehört?" fragt Sophie.

„Die Eule gibt mir recht."

„Was möchtest du denn machen?", fragt Martin und zündet nochmals den Tabak an.

„Oh, da wüsste ich schon was. Zum Beispiel eine Herbstmesse besuchen, auf das Riesenrad, bei Tina und Viktor vorbei schauen, wie es ihnen geht im neuen Restaurant. Beim Stadtbummel könntest du auch gleich mal ein neues Hemd kaufen. Oder eine Schifffahrt und dann in einer Bucht zu Mittag essen."

Kein Säuseln des Windes, kein Knacken eines Astes, nur das wiederholte Paffen, wenn Martin die Luft ansaugt. Was gäbe sie darum, wenn sie jetzt seine Gedanken lesen könnte.

„Bist du enttäuscht, dass unsere Kinder keine Ambitionen zeigen, den Gasthof einmal zu übernehmen?", fragt sie.

Schweigen. Keine Antwort ist auch eine Antwort. Sophie weiß, dass sie seinen wunden Punkt getroffen hat. Sie lehnt sich resigniert zurück und schaut auf das Buch in ihren Händen. Sie spürt, wie sich Tränen ihren Weg bahnen. Plötzlich steht ihr Mann auf.

„Martin, sprich mit mir. Lass mich jetzt hier nicht einfach so zurück."

Er nimmt langsam die Pfeife aus dem Mund, betrachtet diese nachdenklich und legt sie auf den Tisch. Sophies Herz schlägt bis zum Hals, als sie mit erwartungsvollen Augen zu ihm schaut. Sie erschrickt über die Blässe in seinem Gesicht. Erschöpft schaut er aus.

„Auch ein Glas Wein?"

Von seiner Frage überrascht, antwortet sie zögerlich: „Ja, gerne."

„Wie wäre es, wenn wir den Gasthof eine Woche früher schließen? Einen Wohnwagen mieten und für ein paar Tage wegfahren? Wie früher mit den Kindern."

„Oh, Martin, wirklich? Meinst du das ernst?"

„Es war mir nie so ernst."

Bevor ihr Mann im Haus verschwindet, dreht er sich noch einmal um. Mit einem verschmitzten Lächeln fügt er hinzu:

„Übrigens, das vorhin war ein Waldkauz."

Komödiantisches Geplänkel

„Wo ist Dad?" fragt der schlaksige junge Mann seine Mutter Lydia, die im Türrahmen zum Wohnzimmer steht.

„Ich muss mit euch sprechen."

Er beißt geräuschvoll in einen Apfel.

„Max, freitags ist er doch immer …"

„Ach ja, beim Theaterspektakel", murmelt dieser kauend.

„Red nicht so despektierlich. Deinem Vater, uns beiden bedeutet das Theaterspielen sehr viel."

„Weiß ich doch", sagt Max und deutet mit dem angebissenen Obst auf ihren Fuß.

„Wann bist du wieder bei der Truppe dabei?"

Lydia lächelt.

„Bald, ich kann es kaum erwarten. Aber sag, mein Großer, was hast du auf dem Herzen?"

„Später." Max beißt erneut in den Apfel und schlurft den Flur entlang. Nur für eine Sekunde verspürt Lydia das Bedürfnis, ihrem Sohn nachzulaufen und ihn zu umarmen. Um ihm zu versichern, dass sie stolz auf ihn ist und immer ein offenes Ohr für ihn hat.

„Gib mir wenigstens einen Tipp." Max dreht sich um.

„Ich weiß jetzt, was ich machen will, beruflich", antwortet er. Lydia liest in seinen Augen eine Gelassenheit, die sie beunruhigt und ihr andeutet, dass ihr

Sohn für sich die Sache bereits beschlossen hat. Als ein fetziger Sound den Raum erfüllt, fischt er sogleich sein Handy aus der Hosentasche.

„Max", Lydias Stimme wird lauter, „du willst aber nicht so kurz vor dem Abi …?"

„Easy, Mum", beschwichtigt er seine Mutter.

„Sag mir einfach, wenn Dad back ist."

Er wischt über das Display, und während er die Treppe hinaufspurtet, zwei Stufen auf einmal nehmend, brüllt er genervt in sein Smartphone:

„Was geht ab, Mann? … Ok, ok … bleib cool, Alter!"

Lydia hört noch einige Wortfetzen, dann kehrt Stille ein. Bei dem Gedanken, dass sie ihren Jungen loslassen muss, wird ihr schwer ums Herz. Sie seufzt und schaut auf die Armbanduhr, als die Haustür aufgeht.

„Woher kommst du so spät, Heinz?", entfährt ihr ungewollt der Vorwurf, kaum dass ihr Mann eingetreten ist. Piekste sie der Stachel des Neides beim Anblick seines zufriedenen Lächelns? Es kann nur eines bedeuten: Die Theaterprobe war gelungen. Ohne ihr Mitwirken. Mit einem Fersenkick schubst ihr Mann die Tür hinter sich ins Schloss.

„Vom Walde, da komm ich her", hallt seine Bassstimme durchs Haus. Heinz wirft seiner Frau eine Kusshand zu.

„Seid gnädig, Weib, und verzeiht mein spätes Eintreffen, aber mein Gaul begann auf halber Strecke zu lahmen."

„Sag mal, bist du betrunken?"

Heinz legt mit einer stoischen Ruhe die Schlüssel in die Schale auf der Kommode, schält sich aus seinem Anorak und hängt diesen über den Garderobenhaken. Der Schalk sprüht aus seinen Augen, als er sich seiner Frau zuwendet.

„Holde, was flüstert Ihr bei spärlich Licht?"

Ohne eine Miene zu verziehen, humpelt Lydia auf ihren Mann zu, hält ihr Gesicht ganz nah an seines und beschnuppert die Mundpartie und den Hemdkragen.

„Trotz innigstem Verlangen unterließ Euer Gemahl den Schritt in die Schenke. Und?", fragt Heinz mit einer hochgezogenen Augenbraue, „ist Euer Argwohn verflogen?"

Er will seine Frau küssen, als Lydia mit einer abwehrenden Handbewegung einen Schritt zurücktritt und beinahe das Gleichgewicht verliert.

„Ha, hab ich es geahnt!", presst sie hervor und stemmt die Arme in die Hüften.

„Ein Billigparfum wagt es, meine sensible Nasenschleimhaut zu reizen."

Ihre Stimme kippt leicht ins Hysterische.

„Ihr seid mir untreu geworden, Monsieur. Hat dieses junge Ding meinen Part übernommen?"

Lydias Augen verengen sich.

„Ich sehe sie deutlich vor mir. Diese blasse Unschuld steckt in einem viel zu engen Mieder, und ihr Blick trieft vor Begierde."

„Welch abtrünniger Gedanke!", ruft Heinz.

Er schaut seiner Frau tief in die Augen, legt eine Hand auf seine Brust und fährt in mildem Tonfall fort:

„Du allein bist die eine, die ich meine, oh Muse, du hast mein Herz berührt, mit einem Liebeshauch."

„Du solltest dich schon entscheiden: für die zweite Person Singular oder ..."

„Jetzt hast du meinen Liebesschwur kaputtgemacht." Ihr Mann schürzt die Lippen wie ein schmollendes Kind.

„Oh, Liebling, ich bin untröstlich", flötet Lydia mit einem Anflug von Ironie.

„Also wirklich, Lydia! Wir sind hier nicht auf der Gemeindebühne in einer Szene von Shakespeare oder Molière, sondern in unserem eigenen Laientheater. Zuhause ist Improvisieren angesagt. Das ist ja grad das Lustige, das Hin- und Herhüpfen von einem Dichter zum anderen."

„Du hast ja recht, entschuldige."

Lydia nähert sich lächelnd ihrem Mann und umarmt ihn. Er streicht ihr mit einem verklärten Blick über ihren Kopf.

„Wie gülden das Haar."

„Mein Lieber, komm jetzt bitte wieder ins einundzwanzigste Jahrhundert. Deiner Stimmung nach zu urteilen, ist die Probe reibungslos über die Bühne gegangen?"

„Ja. Ach, wie habe ich es wieder genossen, in eine andere Epoche einzutauchen. Und diese Sprache! Du hast natürlich gefehlt, mein Schatz. Dein spontaner Einsatz von vorhin war gut."

Er umfasst ihre Taille und rollt belustigt die Augen.

„Und ihr Blick trieft vor Verlangen."

„Vor Begierde."

„Ok, vor Begierde. Du bist heute sowas von pingelig."

„Bin ich nicht."

„Bist du doch."

„Ich habe höchstens übertrieben. Wie bei deinem Lieblingsdichter: … dass die Blüten beben, dass die Lüfte leben …"

„… dass in höherem Rot die Rosen leuchten vor", ergänzt Heinz.

„Das ist doch wunderschön. Der Gedanke eines glückseligen Wanderers, der mit offenen Augen durch die Landschaft geht", schwärmt er.

Lydia streicht ihrem Mann liebevoll über die Wange: „Du bist und bleibst ein Romantiker."

Sie küssen sich.

„Wirklich keine Konkurrenz in Sicht?"

„Wo denkst du hin! Aber es wird höchste Zeit, dass du zum Ensemble zurückkehrst."

„Ich freue mich schon wahnsinnig darauf. Willst du noch was essen?", fragt Lydia.

„Du meintest eher: Wollen wir uns an die Tafel setzen, um uns an etwas Köstlichem zu laben?"

„Heinz, lass gut sein. Übrigens will Max …"

„Es gelüstet mich nur nach einem guten Tropfen."

„Oh, ich muss dich enttäuschen."

„Kein Wein im Hause? Sag, dass das nicht wahr ist!"

Da poltert Max die Treppe herunter, sodass beide unvermittelt ihre Köpfe wenden. Ihr Sohn bleibt auf der zweitletzten Stufe abrupt stehen und schaut zuerst zum Vater, dann zur Mutter, die mit einer leichten Kopfbewegung und einem Seitenblick in Vaters Richtung deutet. Max unbekümmerter Gesichtsausdruck wechselt zu einem ernsten. Er macht einen Diener, räuspert sich und spricht:

„Was wär ich ohne dich, Freund Publikum! All mein Empfinden Selbstgespräch, all meine Freude stumm. Von Goethe." Er grinst.

„Na, da staunt ihr. So, ich muss noch ins Studio. Man sieht sich." Er öffnet die Haustür.

„Moment, junger Mann", sagt Lydia mit fester Stimme, die keine Widerrede duldet.

„Du wolltest uns was Wichtiges sagen. Also", sie deutet mit einer Hand in Richtung Wohnzimmer, „wir sind ganz Ohr."

„Das ist schnell gesagt. Nach dem Abi steige ich in die Musikbranche ein."

„Wie jetzt?" fragen seine Eltern synchron.

„Als Rockmusiker. Eine Band habe ich schon."

Es herrscht einen Moment Schweigen im Flur. Max blickt unsicher von einem zum anderen Elternteil.

„Mum, Dad, können wir das morgen besprechen? Andy und ich müssen noch ein paar Tracks raushauen."

„Gut, morgen um zehn beim Frühstück", sagt Heinz und gibt seinem Sohn einen Klaps auf die Schulter. Max setzt die Kopfhörer auf, wirft sich die Kapuze über und entschwindet mit rhythmischen Bewegungen in die Nacht hinaus. Kühle Luft schwebt in den Eingang.

„Was meinte er mit Tracks raushauen?" fragt Heinz, schließt die Tür und setzt sich auf die Bank. Lydia atmet einmal tief durch und schnappt sich ihre Steppweste.

„Heinz, gib dem Kutscher Bescheid!"

Als schösse ein Energieschub durch seinen Körper, springt ihr Mann mit einem erstaunten Blick auf. Während er seiner Frau galant in die Jacke hilft, haucht er in ihren Nacken:

„Meine Teure, wohin des Weges zu nächtlicher Stunde?"

Lydia dreht sich um, reicht ihm seinen Anorak und sagt mit einem Augenzwinkern:

„Zur nächsten Schenke, mein Gemahl."

Entwurzelt

Die Morgendämmerung hält den Wald in ihrem diffusen Licht gefangen. Nebelschwaden treiben ihr mystisches Spiel. Schleichen um die Stämme, lassen sie verschwinden, um sie wieder freizugeben. Julia bleibt an diesem trüben Märztag mitten auf dem breiten Waldweg stehen. Sie ist dankbar, dass sie keiner Menschenseele begegnet ist, niemandem, der ihre Tränen mit einem verstohlenen Blick registriert hätte. Sie schaut sich um. Das frische Grün vibriert zaghaft in den Baumkronen und schmerzt in ihrem Herzen. Grün, die Farbe der Hoffnung. Das restliche Fünkchen Hoffnung in ihr ist erloschen. Gestern Abend, als nach einer letzten Aussprache feststand, dass ihre Ehe nicht mehr zu retten ist.

Sie schleppt sich vorwärts, als müsste sie ihre Füße bei jedem Schritt aus tiefstem Morast herausziehen. Nach einer schlaflosen Nacht ist sie von zuhause wie eine Getriebene auf der Flucht losmarschiert. Was hat sie erwartet? Dass es ihr besser geht, je tiefer sie in den Wald eindringt, in dem sich im Frühjahr neue Kräfte sammeln, um gebündelt hochzuschießen? Obwohl ihr der Weg die Richtung weist, die Stämme rechts und links sie führen, fühlt sie sich orientierungslos, als schwebe sie in einem luftleeren Raum. Sie ist mit einem Ruck aus ihrem bisherigen Leben herausgerissen, ihrer Wurzeln und ihres Halts beraubt worden. Wie konnte es soweit kommen? Die Liebe hat sich langsam, auf leisen Sohlen, davongeschlichen. Wie hätte sie sie festhalten sollen, wenn sie deren Fortgang nicht bemerkt hatte? Oder nicht wahrhaben wollte?

Julia bleibt müde stehen. Unsichtbar sind die Vögel, deren Stimmen sie vernimmt. Das muntere Tirilieren lässt sie noch mehr in Melancholie versinken. Der weiße Schleier löst sich mehr und mehr auf und gibt die Dichte des Waldes preis. Die Bäume recken sich gegen den dunklen Himmel, zeigen ihre Stärke und Willenskraft und geben Julia das Gefühl, noch kleiner und unbedeutender zu sein. Am liebsten wäre sie ein Käfer, um eilends über den Weg zu trippeln und im Unterholz zu verschwinden, um nie mehr aufzutauchen. Und doch vermitteln ihr die Hochstämme rundum ein Gefühl der Geborgenheit, der Gemeinschaft. Ist es ihr Wissen, dass die Bäume unterirdisch vernetzt sind, aufeinander achtgeben? Hat sie deshalb in ihrer Verzweiflung den Wald aufgesucht? Die Äste strecken sich wie Fühler nach allen Seiten und nehmen sich mit einer Selbstverständlichkeit das Recht heraus, den Freiraum in nächster Umgebung zu beanspruchen. Feuchtigkeit entsteigt dem von Blättern übersäten matschigen Boden und lässt Julia frösteln. Oder ist es die innere Leere? Begreifen zu müssen, dass sie Abschied nehmen muss von ihrem alten Leben, lässt sie taumeln, keinen vernünftigen Gedanken fassen.

Unschlüssig steht sie da, als befände sie sich an einer Weggabelung, wo sie sich für eine Richtung entscheiden muss. Geradwüchsig, stolz und unerschütterlich stehen die Buchen, Eichen und Fichten dicht an dicht da. Nur ein Laubbaum lehnt sich haltsuchend an seinen Nachbarn. Drei oder vier dünnere Stämme liegen kreuz und quer wie achtlos hingeworfen auf der Erde. Sie haben es nicht geschafft, nur halbwegs eine ansehnliche Dicke zu erreichen, um dem nächsten Sturm zu trotzen. Schon ein Windstoß muss sie zu Fall gebracht haben. Julia spürt einen Kloß im Hals. Vor ihr, in einiger Entfernung, liegt ein Baumstamm mit einem riesigen Umfang. Entwurzelt und somit seiner Macht enthoben. Gefallen, um nie mehr aufzustehen. Erbärmlich sieht er aus. Dichtes Moos hat sich die Rinde einverleibt. Warum treibt ihr dieser Anblick erneut Tränen in die Augen? Weil sich ihrer beider Schicksale gleichen? Ihre kalten Hände stecken in den Jackentaschen. Sie ist nicht fähig, eine Hand herauszunehmen, um die Tränen abzuwischen. Physisch steht sie zwar aufrecht, doch ihr Selbstbewusstsein liegt am Boden. Ob sie je die Kraft erlangen wird, sich wieder aufzurichten? Das Schicksal anzunehmen, um neu beginnen zu können?

In ihrem Inneren regt sich tiefes Bedauern für diesen Giganten. Er hinterlässt eine große Lücke zwischen seinen Artgenossen. Wie viele Stürme mussten es gewesen sein, um einen Stamm von diesem Umfang aus seiner Verankerung zu reißen? Seine dicksten Wurzeln zeigen starr wie Finger einer Hand in die Höhe. Dort, wo sie sich einmal tief in die Erde gegraben haben, ist nur noch eine sanfte Mulde zu sehen. Laub hat das Loch fast zugedeckt. Aus der einstmals großen Baumkrone flirren die letzten verdorrten Blätter ihrer nächsten Bestimmung entgegen. War der Lebenswille bereits gebrochen, als der letzte Sturm am dicken Stamm rüttelte? Der Riese hat seinen Wurzeln vertraut, dass sie ihm Halt geben. Julia spürt einen Druck auf der Brust, der Schmerz breitet sich im ganzen Körper aus. Sie kann den Ausbruch nicht verhindern. Mit zittrigen Händen sucht sie in den Hosentaschen nach einem Taschentuch. Der Weinkrampf zwingt sie in die Hocke. Vom Schluchzen gebeutelt, weint sie um die verlorene Liebe, um ihr vertrautes Leben, das ihr Schutz geboten hat. Und um diesen Koloss, der den Glauben an das Starke, Unverwüstliche erschüttert hat. Für eine Sekunde hat sie das Bedürfnis, auf den Knien den Stamm zu umarmen, soweit es ihr möglich ist. Um ihm ihre Verbundenheit zu zeigen? Oder damit er ihr Trost spendet? Doch dazu ist er nicht mehr in der Lage. Dem

Riesen war keine zweite Chance vergönnt. Julia tupft mit dem Taschentuch um ihre Augen, richtet sich abrupt auf und schnäuzt sich kräftig. Sie ist noch da. Und sie hat eine zweite Chance.

Da hört sie das leise Brummen eines Motors. Als der Geländewagen nach der Biegung langsam auf sie zusteuert, sieht sie noch etwas anderes, das ihren Puls in die Höhe treibt. Sie beginnt zu laufen. Im Scheinwerferlicht ist die Weinbergschnecke auf der Straße deutlich zu erkennen. Der Kies knirscht unter ihren Tritten. Außer Atem bleibt Julia stehen, hebt die Schnecke zu ihren Füßen hoch und tritt zur Seite. In gemächlicher Gangart fährt der Förster an ihr vorbei. Sie blickt auf das Haus zwischen Daumen und Zeigefinger, das glänzt, als wäre es frisch gewaschen. Das Tier verharrt regungslos, die Fühler hat es wie Antennen eingefahren. Julia macht ein paar Schritte auf den Waldboden und setzt die Schnecke vorsichtig ab. Sogleich tastet diese den Untergrund mit sanften Bewegungen ab und fährt ihre Fühler aus. Julia räuspert sich und sagt mit belegter Stimme:

„Du schleichst hier entlang, ja nicht mehr auf die Straße zurück, hörst du! Du hast sowas von Glück gehabt."

Als sie sich erhebt, schüttelt sie verwundert den Kopf. Sie spricht mitten im Wald mit einer Schnecke? Da nimmt sie einen bekannten, intensiven Geruch wahr, und die Traurigkeit ist zurück. Julia schluckt einmal leer. Vor ihr ausgebreitet liegt ein Teppich von Bärlauch. Er liebte ihr Pesto. Wird sie immer wieder, egal wo sie sich befindet, von Erinnerungen heimgesucht, die sie aufwühlen? Wird er irgendwann vergehen, der Schmerz? Ist es wirklich die Zeit, die ihr dabei helfen wird? Julia steckt die kalten Hände wieder in die Jackentaschen. Mit erhobenem Haupt und festen Schritten geht sie den Weg zurück. Soeben hat sie eine Entscheidung getroffen. Sie wird ein paar Tage freinehmen und irgendwohin fahren, um Abstand zu gewinnen. Dann wird es ihr sicher leichter fallen, nach vorne zu schauen und über ihre Zukunft nachzudenken.

Zwei ungleiche Schwestern

Eleonora lehnt erschöpft am Treppengeländer und schaut auf den hellen Streifen am Ende des dunklen Korridors. Unter der Tür im hinteren Zimmer schimmert Licht durch. Sie traut der Stille nicht, die aus jedem Winkel ihres Hauses gekrochen kommt. Da. Ein Knacken im Gebälk, gefolgt von einem trockenen Hüsteln. Eleonora hat es genau gehört. Ihr Puls schnellt in die Höhe. Eli, hilf mir! Die Stimme ihrer Schwester Agnes. Ein Schauer rieselt ihr den Rücken hinunter. Eleonora legt eine Hand auf die Brust. Deutlich spürt sie ihren Herzschlag. Eli! Das kann nicht sein. Agnes ist tot, seit einem Monat.

Wie hypnotisiert starrt Eleonora auf die Tür ihr gegenüber, die sich plötzlich in grelles Licht verwandelt. Sie blinzelt und vergisst für einen Moment zu atmen. Eine Gestalt steht im Türrahmen. Der ausgemergelte Körper zeichnet sich als Silhouette vor der Lichtquelle ab. Das Gesicht liegt im Schatten, doch Eleonora spürt stechend blaue Augen auf sich gerichtet. Agnes? Entsetzt öffnet sie den Mund, um zu schreien, doch sie bringt keinen Laut über die Lippen. Ihre Kehle ist wie zugeschnürt. Mit einem dürren Zeigefinger winkt die Gestalt sie energisch zu sich. Eleonora wird schwindlig. Blindlings greift sie nach hinten und umklammert das Geländer. Sie schließt die

Augen und versucht, sich zu konzentrieren. Das Begräbnis. Sie stand dabei, als die Urne in der Grube versenkt wurde. Eleonora verharrt regungslos und lauscht in die Stille. Nach einer gefühlten Ewigkeit hebt sie zaghaft ihre Lider. Der Korridor liegt im schummrigen Licht vor ihr, die Tür verschlossen, als wäre nichts geschehen. Totenstille lässt sie frösteln. Ist sie paranoid?

Eleonora reibt sich die kalten Hände und zieht die Ärmel der Wolljacke nach vorne. Eli! Das I langgezogen, als befände sich Agnes im freien Fall. Energie strömt durch Eleonoras Glieder. Sie hastet auf den schmalen Lichtstreifen zu. Die holzgetäfelten Wände verwandeln sich zu einem langen Tunnel. Eleonora streckt den Arm vor, um den Türgriff zu erreichen, fasst ins Leere. Sie macht noch einen Schritt, langt erneut nach vorne, als die Tür wie von Geisterhand zur Seite schwenkt. Kühle Luft streicht über ihr erhitztes Gesicht. Nur schwach beleuchtet eine Lampe den Raum. Das Fenster steht sperrangelweit offen. Der transparente Vorhang bauscht sich in der Zugluft spielerisch vor und zurück. Ihr stockt der Atem. Sitzt Agnes auf dem Sims? Der Stoff des Nachthemds flirrt wie Libellenflügel an den Seiten des schmalen Rückens. Eleonora will zum Fenster eilen, um wie eine Raubkatze in Sekundenschnelle die Beute zu packen, sollte diese sich bewegen. Doch ihre Füße gehorchen ihr nicht. Sie muss sprechen, die Lebensmüde ablenken, aber sie bringt keinen Ton über die Lippen. Plötzlich kann sie einen Fuß vor den anderen setzen. Beim Fenster ist Eleonora dem Weinen nahe, als sie den dünnen Stoff zur Seite schiebt und der Nacht gegenübersteht. Zögerlich und mit einem beklemmenden Gefühl streckt sie ihren Hals, den Blick in die Tiefe gerichtet.

„Hast du wirklich geglaubt, ich sei gesprungen?" Wie Metall schneidet die Stimme die Luft. Eleonora zuckt wie vom Blitz getroffen zusammen und dreht sich zum Bett um. Unter der Decke lässt sich nur schemenhaft ein Körper erahnen. Das Kopfteil ist leicht erhöht. Das blasse Gesicht der Schwerkranken und die feinen Haare verschmelzen mit dem hellen Kissenbezug. Da sind sie wieder, diese stechend blauen Augen. Und ein zynischer Zug liegt um Agnes' Mund.

„Du wirst mich bis zum bitteren Ende pflegen, Eli. Aber gehen werde ich allein."

„Das entscheidet der da oben" sagt Eleonora tonlos und rollt ihre Augen zur Zimmerdecke.

„Oh nein, ich bestimme", sagt Agnes und hüstelt.

Eleonora geht wortlos zum Bett und fixiert das Kissen auf dem Stuhl neben dem Nachttisch. Sie ergreift es und hält es sich vor die Brust. Ihr Herz fängt wild zu pochen an. Die Fingerkuppen drücken in die Daunenfüllung. Die Qual beider muss ein Ende haben. Sie steht dicht am Bettrahmen und blickt auf das hagere Gesicht. Agnes' Augen sind geschlossen. Ihr Atem geht flach. Die Haut, transparent wie aus Pergament, spannt über den Wangenknochen. Die farblosen Lippen ähneln nur mehr einem Strich und scheinen für immer verschlossen zu bleiben. Frieden füllt den Raum. Eleonoras Hände beginnen zu zittern, und sie lässt das Kissen fallen. Sie will fort, raus aus dem Zimmer, bevor sie der mörderischen Absicht unterliegt. Plötzlich schnellen Agnes' dünne Arme unter der Decke hervor. Eleonora will zurückweichen, doch die Kranke packt ihre Unterarme mit einer Kraft, die sie ihr nicht mehr zugetraut hätte. Ihre Nägel krallen sich durch die Wolle schmerzhaft in die Haut. Gletscheraugen treffen sie bis ins Innerste wie auch ihre krächzende Stimme:

„Das verzeihe ich dir nie, Eli, dass ich vor dir gehen muss. Nie!"

Eleonora lacht bitter auf.

„Lass los, Agnes. Lass mich los."

Sie schreit:

„Lass endlich los!" und befreit sich aus der Umklammerung. Eleonora erwacht schweißgebadet. Angespannt sitzt sie im Fauteuil im Gästezimmer, Agnes' früherem Kinderzimmer. Stille umgibt sie. Sie reibt sich ihren steifen Nacken und blickt irritiert um sich. Was macht sie hier? Die Stehlampe streut ihren Lichtkegel um sich. Das schmale Bett, auf dem ihre Schwester ihr Leben aushauchte, gähnt ihr nüchtern entgegen. Auf dessen Überwurf liegen einige Kleidungsstücke verstreut. Das Fenster ist geschlossen, nur die Schranktür ihr zur Rechten steht offen. Mit dem Handrücken streicht Eleonora ein paar Haarsträhnen aus ihrer feuchten Stirn. Agnes hat es gewagt, in ihre Träume vorzudringen. Sie, die kurz in ihrem Leben aufgetaucht, es strapaziert und wieder verlassen hat. Eleonora steht auf, geht zum Bett und beginnt mit schnellen Handgriffen die Trainingsjacke, Hosen und Pullover ihrer Schwester zusammenzulegen. Aus dem Schrank holt sie die restlichen Shirts, zwei Nachthemden und die Unterwäsche. Agnes ist schon beim Frühstück anwesend gewesen. „Honig? Von Nachbars Bienen? Warst du wieder zu Besuch bei ihm? Bekommst du das Glas umsonst?" Boshaft hat sie aufgelacht, ihr Gesicht zu einer Fratze verzogen. Eleonora wirft den Stoß Kleider in den aufgeklappten Koffer am Boden. Wütend, weil ihre Schwester bis zum letzten Atemzug ihr Leben selbst bestimmt hat? Oder weil sie, Eleonora, gehofft hat, ein dankbares Lächeln in Agnes' Augen zu finden? Stattdessen hat sie ihr spitzer Schrei wie ein Pfeil bis in den Garten erreicht. Eli, komm endlich! Eli, wo bleibt mein Tee? Sie hat ihren Namen geglaubt zu hören, obwohl Agnes sie nicht gerufen hat. Eleonora setzt sich auf die Bettkante. Hätte sie Agnes mit offenen Armen empfangen sollen, statt ihr Vorwürfe zu machen, als sie vor drei Monaten unerwartet vor ihrer Haustür stand? Eleonora hatte sie kaum wiedererkannt, da sie von der Krankheit schon schwer gezeichnet war. „Hallo Eli!" „Soso. Meine Schwester entsinnt sich ihrer Wurzeln. Wo warst du all die letzten Jahre?" „Nun, da und dort." „Warum hast du dich nie blicken lassen, nie gefragt, wie es uns geht, wie es mir geht? Nicht mal zu Papas Begräbnis bist du gekommen. Und die Pflege von Mama hast du mir alleine überlassen." „Mich trieb die Sehnsucht, die Welt zu sehen. Neidisch? Hast du einmal den Mut aufgebracht, dich auf ein Abenteuer einzulassen? Ich hatte den Mut. Und weißt du was, Eli, ich habe es nie bereut." „Nenn mich nicht mehr Eli, wir sind keine Kinder mehr." Mit wässrigen Augen betrachtet Eleonora die wenigen Habseligkeiten von Agnes, die in einem Koffer Platz finden. Wehmütig denkt sie zurück, als sie ihre kleine Schwester in Schutz genommen hat, ihr rücksichtsloses Benehmen als kindlichen Überschwang rechtfertigte. Vor ihren Eltern, ihrem Umfeld, immer in der Hoffnung, dass sie sich ändern wird. Eleonora spürt eine Berührung am Bein. „Geh weg, du untreues Ding!" Unbekümmert streicht ihr

Tigerkater um sie herum, hält den Kopf geneigt und reibt ihn erneut sanft am Knöchel.

„Die letzten Wochen hast du mich ignoriert, lagst bei der anderen auf dem Bett. Jetzt bin ich wieder gut genug, was!"

Sie erschrickt über ihre bissigen Worte. Tief aus ihrem Innersten bricht der Schmerz heraus. Sie weint über eine schwesterliche Beziehung, um die sie sich vergeblich bemüht hat, und über ihr tief verankertes Pflichtgefühl, das sie kein Wagnis eingehen ließ. Sie nimmt ein Taschentuch vom Nachttisch, tupft sich die Augen und schnäuzt sich ausgiebig. In einem Punkt muss sie ihrer Schwester recht geben, als sie meinte:

„Du bist pensioniert, Eli. Dann beantworte dir ehrlich die Frage: Willst du weiterhin dein Gärtchen hegen oder was erleben, verreisen?"

Mit Venedig hat sie schon lange geliebäugelt. Warum nicht jetzt im Spätherbst hinfahren? Der Wecker zeigt zwanzig Uhr. Eleonora steht auf, hebt den Kater hoch und geht mit ihm zum Fenster. Bevor sie die Gardinen zuzieht, schaut sie zum Hauseingang des Nachbarn. Unter der Tür schimmert Licht durch. Sie streichelt ihren Kater, der sogleich zu schnurren anfängt. Ein mildes Lächeln huscht über Eleonoras Gesicht. Sie sollte die Einladung des Nachbarn auf ein Glas Wein annehmen.

Der Dämon

Die Wohnungstür fällt mit einem Klacken ins Schloss. Ramona hängt den Schlüssel an den Haken und zieht ihren Mantel aus. Seit einiger Zeit empfindet sie die Stille nicht mehr als unerträglich. Im Gegenteil. Sie hat das Gefühl, wenn sie eintritt, legt sie sich wie eine wärmende Wolljacke um sie. Das Radio stellt sie deshalb nur selten an. Ramona geht am kleinen Koffer vorbei. Gestern Abend mochte sie ihn nicht auspacken, da sie lieber am Laptop ihre Reisenotizen vervollständigt hat. Wie schnell doch die zehn Tage im Ausland um waren. Im Wohnzimmer legt sie die Tüte mit den frischen Brötchen auf den Esstisch neben die Vase mit den gelben Tulpen. Ein Willkommensgruß der älteren Dame nebenan, die sich während ihrer Abwesenheit um die Post und die Pflanzen gekümmert hat. Ramona geht zum hohen Fenster, schiebt ohne zu zögern den Vorhang zur Seite und öffnet einen Flügel. Immer noch kann sie es nicht fassen, dass sie jetzt in der Stadt lebt. Statt heiterem Vogelgezwitscher dringt nun dumpfer Motorenlärm aus der Ferne an ihre Ohren. Das Frühlingslüftchen streicht ihr sanft übers Gesicht. Sie stützt sich mit beiden Armen am Sims ab und schaut vom dritten Stockwerk in den Innenhof, dem das frische

Grün der Birke etwas Farbe verleiht. In einigen Blumenbeeten zeigen sich die ersten Krokusse und Narzissen. Ein idyllisches Bild, stünden nicht in einer Hausecke zwei Container. Ramona atmet einmal tief ein und aus. Der Duft der nahe gelegenen Bäckerei aktiviert ihre Geschmacksnerven. Sie hat in den sechs Wochen, seit sie hier wohnt, schon einige Male den Laden aufgesucht und ist auch heute stolz, dass sie es gewagt hat. Der Himmel hat das Licht der Sonne, die hinter der Häuserreihe ihr gegenüber verborgen ist, bereits sanft eingefangen. Diesen offenen Blick, die bewusste Wahrnehmung ohne Angstzustände, hat Ramona ihrer Therapeutin zu verdanken.

„Nein, Sie alleine, Ramona, haben es geschafft. Ich habe Sie bei dem Prozess lediglich unterstützt."

Frau Laubers Worte. Sie dreht sich um und lehnt sich ans Sims. Noch vor einem halben Jahr wäre es nicht möglich gewesen, der Welt draußen locker den Rücken zuzukehren. Allein der Gedanke daran hätte bei ihr ein Zittern am ganzen Körper ausgelöst. Erinnerungsbilder tauchen vor ihrem geistigen Auge auf. Warum kommen sie wieder und rütteln an ihrer Gelassenheit? Ihre damalige Wohnung lag im Erdgeschoss. Zum täglichen Lüften öffnete sie das Fenster für wenige Minuten, zog dabei den dünnen Vorhang zu. In dieser Zeit hat sie sich in den hintersten Winkel des Zimmers zurückgezogen und angespannt auf jeden Laut, auf jedes gekünstelte Husten oder Flüstern ihres Namens gelauscht. Sobald das Erwartete eintrat, wurde sie von Weinkrämpfen geschüttelt. Jeder Schatten vor ihrem Fenster verstärkte ihr Herzklopfen. Immer damit rechnen zu müssen, dass sie aus einiger Entfernung beobachtet wird, dass er wieder einen Umschlag in ihren Briefkasten gelegt, ihr die zwanzigste SMS geschrieben haben könnte, zerrte an ihren Nerven. Kaum aus dem Haus getreten, glaubte sie, überall seine Gestalt zu erkennen oder seine Stimme zu hören. Dieses ängstliche Ausschauhalten nach seinem Auto ließ sie zitternd durch die Straßen huschen. Anfangs war sie wütend, dass sie sich von seinen Machtspielchen einschüchtern ließ. Von einem Arbeitskollegen, der nicht akzeptieren konnte, dass sie seine Liebe nie erwidern würde. Irgendwann löste Angst die Wut ab, und Fragen quälten sie Tag und Nacht: Was kommt als Nächstes? Wie krank ist der Mann? Der nervlichen Anspannung und den schlaflosen Nächten hatte sie eines Tages nicht mehr Stand gehalten. Ein Nervenzusammenbruch ließ sie in die Dunkelheit einer Depression abtauchen. Ihre Wohnung mit den heruntergelassenen Rollläden glich einer Gruft. Aber diese düstere Zeit hat sie endgültig hinter sich gelassen.

„Sie sind eine starke Frau, Ramona, Sie werden den Neuanfang schaffen."

Den Satz:

„Wenn Sie regelmäßig Ihre Tabletten einnehmen", ignoriert sie.

Sie schaut sich in ihrem kleinen Reich um. Die Wohnung war ein Glücksfall. Einige neue Möbel hat sie sich angeschafft. Auch das breite Bild, das über dem weißen Sofa mit den blauen Kissen hängt. Es zeigt einen schmalen Sandstrand und das weite, offene Meer mit zartem Wellengang. Ihr Blick bleibt auf dem silbernen Brieföffner auf dem Tisch haften. Dieser ist ein Andenken an ihren Aufenthalt bei Verwandten in der Nähe von Siena. In dem kleinen Papierladen in der schmalen Gasse hat sie sich schon als Kind gerne umgesehen. Das schöne Exemplar mit dem Nickelgriff, an dessen Ende das Wappen des Städtchens eingestanzt ist, so schien ihr, hatte im Schaufenster auf sie gewartet. Um sie eines Tages zu beschützen? Sie hat den Brieföffner missbraucht, als sie ihn als Waffe einsetzte. Der Gedanke lässt sie jetzt frösteln. Wozu hat sie sich hinreißen lassen? Mit einer Faschingsmaske und dem Brieföffner in der Hand hat sie damals die Wohnungstür aufgerissen und ihren Stalker dermaßen in Schrecken versetzt, dass er entsetzt zurückwich, sich umdrehte und das Weite suchte. Beinahe wäre er in die gläserne Eingangstür gerannt.

Der Ausraster bleibt ihr Geheimnis. Mit einer Anzeige musste sie nicht rechnen, denn er hätte sich ihr nur bis auf fünfhundert Meter nähern dürfen. Seither hat er sie nicht mehr belästigt. Den Brieföffner, unschuldig in seiner schlichten Eleganz, nun mit einer Doppelfunktion behaftet, wollte sie nach dem Zwischenfall weggeben. Doch warum hätte sie das tun sollen? Er hat ihr das Leben gerettet. Auf die erfolgreich abgeschlossene Therapie folgte der Umzug in die Großstadt. Wehmütig denkt sie an den kleinen See. Früher musste sie nur einige Minuten radeln, um vom Frühjahr bis in den Spätherbst schwimmen zu können. Das ist das Einzige, was sie hier vermisst. „Alles ist gut", flüstert Ramona. Sie fixiert den Stapel Post und spürt eine leichte Unruhe in sich. Nein, sie wird nicht zulassen, dass sich Bedenken einschleichen. Mit dem Zeigefinger fährt sie ein paar Mal über ihre Nasenspitze. Sie muss die Post öffnen, aber sie kann sich nicht vom Sims lösen. Hält er sie zurück? Will er ihre positiven Gedanken wieder vergiften? Tröpfchenweise, damit sie es nicht gleich bemerkt? Sie spürt seine Anwesenheit. Irgendwo in ihrem Gehirn hockt er. Sie bekommt Gänsehaut, dreht sich abrupt um, schließt das Fenster und zieht den Vorhang zu. Den Dämon hat sie aus ihrem Leben verbannt, das hat ihr Frau Lauber bestätigt. Aber sie hat nie gesagt, dass er nicht wiederkommen könnte. Ramona geht zur offenen Küche und zieht eine Schublade auf. Zwischen Einkaufsblock, Taschentüchern und Krimskrams sucht sie nach einer bestimmten Schachtel. Sie öffnet die nächste Schublade. Vergeblich. Da flüstert eine Stimme ganz dicht an ihrem Ohr: Und wenn doch ein Brief von ihm dabei ist? Wenn er es wieder versucht? Farbig sind seine Umschläge gewesen. Sie hat seine miese Masche schnell durchschaut. Der Schockmoment sollte sie gleich beim ersten Hinsehen erwischen. Immer wieder hat er die Farbe der Umschläge gewechselt. Lange Zeit musste ihr Bruder oder eine Freundin diese öffnen. Darin steckte jeweils nur ein Blatt. Auf wenigen Zeilen war notiert, mit der genauen Uhrzeit, wobei er sie beobachtet hatte: Wenn sie Zähne putzend durch die Wohnung tanzte oder sich ihren Yogaübungen mitten im Wohnzimmer widmete oder … Es schaudert sie erneut. Es kam der Tag, an dem sie, kaum zuhause, zuerst die Rollos herunterließ und dann erst Licht machte. Trotzdem hatte sie das Gefühl, ein Schatten begleite sie bei jedem Schritt durch die Wohnung. Dieses Sich-ertappt-Fühlen war entsetzlich, und das Ausgeliefertsein war nicht nur demütigend, sondern löste bei ihr eine immer größere Unsicherheit aus. Unsicherheit, ob er nicht plötzlich hinter ihr steht.

„Es ist vorbei", sagt sie, streckt sich und geht zum Tisch. Unschlüssig steht sie da. Soll sie die Post jetzt öffnen oder erst am Abend? Was bringt ihr dieser Aufschub? Könnte der Stalker sie nochmals aus der Bahn werfen? Dieser Mensch kann unmöglich ihre neue Adresse herausgefunden haben.

Äußerlich hat sie sich eine neue Identität zugelegt, angefangen bei einer Brille mit Fensterglas. Sie fasst an ihren Nacken. Ihre langen Haare fehlen ihr. Sie hat es nur mit großer Überwindung geschafft, sich für einen Kurzhaarschnitt zu entscheiden. Drei Jahre Qual haben endlich ein Ende gefunden. Und sie wird es nicht zulassen, dass irgendjemand sie nochmals in die Knie zwingt. Ich bin jetzt neunundzwanzig, alles kann ich erreichen, denn ich bin stark.

Ramona schiebt die Umschläge auseinander und stellt fest: Außer dem grauen Kuvert von der Stadtverwaltung sind alle weiß. Mit dem Brieföffner schlitzt sie ruckartig einen Umschlag nach dem anderen auf. Rechnungen, Bankbelege und einige Reklamen. Alles gut. Sie wirft die leeren Umschläge in den Abfalleimer, legt die Post neben ihren Laptop und holt den Koffer. Gelassen packt sie im Schlafzimmer aus und denkt dabei an die Tour durch Skandinavien. Spannend und interessant war die Reise, trotz einiger Strapazen. Ein Fotograf hat sie dabei begleitet. Sie braucht diese Herausforderung. Seit sie den Job bei einem Magazin gefunden hat, Sparte Reiseberichte, ist sie wieder zuversichtlich, dass eine schöne und interessante Zukunft vor ihr liegt. Einer inneren Eingebung folgend unterbricht Ramona ihr Tun und geht wieder ins Wohnzimmer. Beim Fenster schiebt sie den Vorhang zurück. Genau das will sie sehen, das Zittern der jungen Blätter an den Ästen, diese Lebendigkeit. Und doch haben sie nichts mit ihr gemein. Der Wind spielt mit ihnen. Sie sind ihm schutzlos ausgeliefert. Sie hingegen bestimmt ihr Leben selbst. Zurück im Schlafzimmer sucht Ramona in ihrem Kulturbeutel nach der Medikamentenschachtel. Wo hat sie sie liegen lassen? Im letzten Hotel? Ruhig bleiben. Ramona steht lange in der Dusche, denn sie hofft, dass ihr das Wasser die Müdigkeit vom Körper spült. Sie kann sich nochmals hinlegen, bevor sie am Nachmittag ins Büro fährt. Vorher wird sie die Praxis für ein neues Rezept aufsuchen. Sie hat alles im Griff. Und ab morgen stehen drei freie Tage inklusive Wochenende an. Sie könnte einige Telefonate führen, Verabredungen treffen. Nachdem sie in Jeans und T-Shirt geschlüpft ist, setzt sie in der Küche Wasser auf und nimmt die Dose mit dem Früchtetee aus dem Schrank.

Hat es geklopft? Ramona wartet auf ein zweites Klopfen, das vereinbarte Zeichen der älteren Nachbarin. Sie hat Frau Nägeli andeutungsweise geschildert, was sie in diese Stadt geführt hat, denn zu ihr hat sie sofort Vertrauen gefasst. Wegen ihres fortgeschrittenen Alters oder ihrer warmen Ausstrahlung? Ein zweites Klopfen bleibt aus. Die anderen Bewohner des Hauses kennt sie kaum. Man grüßt sich flüchtig im Treppenhaus. Sie geht zur Wohnungstür und schaut durch den Spion, kann aber niemanden sehen. Auch wenn die kleine Dame geklopft hätte, wären zumindest die rötlich gefärbten Haare zu sehen gewesen. Ruckartig öffnet sie die Tür. Gähnende Leere. Als sie zu Boden schaut, scheint es ihr, als packe sie jemand an der Kehle und drücke langsam zu. Sie schnappt nach Luft und stützt sich am Türrahmen ab, da sie das Gefühl hat, ihre Beine versagen. Auf dem Schmutzabtreter liegt ein Kuvert. Ein giftgrüner Umschlag. Diagonal in großen Lettern steht ihr Name drauf. Im nächsten Moment hört sie unten die schwere Eingangstür ins Schloss fallen. Mit drei Schritten ist sie beim Geländer, beugt sich nach vorne und schaut in die Tiefe. Totenstille herrscht im Treppenhaus. Ramona dreht sich langsam um und fixiert den Umschlag mit schreckgeweiteten Augen, als läge eine Mamba züngelnd auf der Matte. Sie sprintet in ihre Wohnung, knallt die Tür hinter sich zu und lehnt sich keuchend dagegen.

„Lass mich endlich in Ruhe!", schreit sie.

Wut steigt in ihr hoch. Plötzlich durchströmt ihren Körper ein Energieschwall, dass ihr heiß wird. Sie reibt ihre Schläfen und fährt sich einige Male durch ihr Haar. Die Müdigkeit ist zerstoben. Ihre Augen verengen sich zu schmalen Schlitzen, und in ihren schwarzen Pupillen lodert ein Feuer. Sie stapft ins Wohnzimmer, holt einmal tief Luft und schnappt sich den Brieföffner. Aufrecht und mit festen Schritten geht sie zur Tür, reißt sie auf, bückt sich und sticht zu. In die Mitte des Umschlages. Weich wird der Stich durch den dicken Teppich abgefedert. Sie lacht hysterisch auf.

„Du nicht, nicht mehr."

Nochmals hebt sie den Arm, um ein zweites Mal zuzustechen, doch der Umschlag steckt am Brieföffner wie eine Wurst am Spieß. Sie richtet sich auf und bemerkt nicht, wie nebenan die Tür aufgeht. Ramona tappt in ihre Wohnung, dreht kurz den Kopf zum Garderobenspiegel und erschrickt. Eine Irre steht dort mit wirrem Haar, tief in den Höhlen liegenden Augen und einem rotwangigen Gesicht. Eine Fremde. Der Dämon hat von ihr Besitz ergriffen. Sie hat versagt. Der Brieföffner gleitet ihr aus der Hand und fällt scheppernd auf den Parkettboden. Sie schleicht mit hängenden Schultern ins Wohnzimmer zum Fenster.

„Sie schaffen das, Ramona."

Nichtssagende Worte. Sie hatte Frau Lauber vertraut. Ihr als der Einzigen hatte sie tiefe Einblicke in ihr Seelenleben gewährt. Sie ist enttäuscht und fühlt sich plötzlich leer. Entsetzlich leer und verraten. Wer in ihrem Umfeld hat ihre neue Adresse weitergegeben? Nur die wenigsten wussten vom Umzug. Was spielt es noch für eine Rolle, sie hat verloren. Alle Kraft scheint der Dämon aus ihr gesogen zu haben. Tränen hat sie keine mehr. Sie öffnet beide Flügel des Fensters, stützt sich am Fensterrahmen ab und hebt ein Bein über das Sims. Ihr Blick ist zum Himmel gerichtet.

„Hierbleiben, Ramona."

Eine warme Stimme von weit her erreicht sie, gleichzeitig zieht ein fester Griff um ihre Taille sie zurück. Sie lässt es willenlos geschehen.

„Kindchen, meine Liebe", sagt Frau Nägeli bestürzt und drückt Ramona einen Moment innig, bevor sie sie vom Fenster wegführt. Aus der wollenen Jackentasche zieht sie ein sauberes Taschentuch hervor und reicht es der jungen Frau, die gekrümmt auf dem Sofa sitzt. Ramona lässt den Tränen freien Lauf und vergräbt ihr Gesicht in den Händen. Die Nachbarin geht zum Fenster, schließt es und stellt den Herd ab, auf dem in einem Topf noch ein Rest von Wasser sprudelt. Dann setzt sie sich neben die schluchzende Frau, deren Schultern beben, und streicht ihr sanft über den Rücken. Nach einer Weile sagt sie:

„Sie kommen jetzt zu mir rüber. Dann trinken wir zusammen eine Tasse Tee."

Ramona haucht ein „Ja", steht auf und holt sich aus der Schublade ein Paket Taschentücher. Sie lehnt sich an die Küchenkombination, wischt um ihre Augen und schnäuzt sich kräftig.

„Warten Sie kurz hier, Ramona."

Die Nachbarin holt den Brieföffner und schließt die Tür. Sie zieht den Umschlag weg und legt beides auf den Esstisch.

„Schade um die schöne Karte."

Verständnislos schaut Ramona die kleine Frau an, die lächelnd sagt:

„Das ist eine Einladung zum Frühlingsfest im Innenhof, organisiert von den Familien Renner und Schaufelberger. Jedes Jahr hat die Karte eine andere Farbe. Die Kleine von Renners hat die Kuverts verteilt."

Ramona schluchzt noch einmal auf und haucht:

„Ich habe deutlich ein Klopfen gehört. Aber da war niemand, als ich öffnete."

„Nun, bei Ihnen hat sie wahrscheinlich nicht getraut abzuwarten, bis Sie die Tür öffnen. Kommen Sie."

Die Nachbarin hängt sich bei der jungen Frau ein. Bevor beide die Wohnung verlassen, nimmt Ramona den Schlüssel vom Haken.

„Wollen Sie bei mir drüben jemanden anrufen? Ich kann es auch übernehmen, wenn Sie …"

„Nein, ich mache das schon. Später."

Ramona zieht die Tür hinter sich zu. Ein zartes Lächeln umspielt ihre Lippen.

„Danke für alles, Frau Nägeli."

„Sie werden sehen, alles wird gut."

Der perfekte Text

Endlich. Ich kann es kaum fassen. Vor mir liegt meine Geschichte samt einem fulminanten Ende. Ich lehne mich zurück, knete meine Hände und warte. Wo bleibt der Seufzer der Erleichterung? Wo die Euphorie, auf dem Gipfel des Schreibprozesses angekommen zu sein? Steil war der Aufstieg. Teils kroch ich auf allen Vieren, und der Rucksack voller Selbstbewusstsein drohte mir immer mal wieder vom Rücken zu gleiten. Einmal hätte ich ihn beinahe verloren. Ich müsste mir anerkennend auf die Schulter klopfen, stattdessen schüttle ich unmerklich den Kopf. Warum gebe ich mich dem Irrglauben hin, das Ziel erreicht zu haben? Das jahrelange Schreiben hat mich doch eines Besseren belehrt.

Nachdenklich spitze ich den Bleistift. Die Ruhe täuscht. Heimtückisch wie eine Droge steigt die Frage nach dem perfekten Text von den Blättern auf und benebelt meine Sinne. Und last not least meldet sich meine innere Kritikerin zu Wort. Was hast du zu bemängeln, die Erzählung ist doch gut? Ja, du hast recht, gut ist keine Option. Die Einleitung kürzen? Vergiss es! Ich habe sie gekürzt, mehr geht nicht. Oder wie soll sich der Leser zurechtfinden, wenn ich die Örtlichkeit und die Stimmung eingangs nicht beschreibe? Ich sag's euch, liebe Leute, Schreiben ist

Schwerstarbeit. Die Rechtschreibung ist noch das geringste Problem. Meine Kritikerin hat es wieder mal geschafft. Nochmals überarbeite ich Zeile um Zeile. Jongliere mit Wörtern, zerpflücke Satzstellungen, setze sie in anderer Konstellation wieder zusammen, verwerfe, ergänze, und die Stunden vergehen wie im Flug. Irgendwann werfe ich den Bleistift auf den Schreibtisch, knipse das Licht an und frage mich erneut: Ist meine Geschichte perfekt, da die Figuren realitätsnah und die Dialoge interessant sind? Und der Textaufbau? Ist er von Anfang bis Ende chronologisch? Meine Fäuste schnellen in die Luft. Ja, rufe ich und lächle triumphierend: Und der Spannungsbogen ist bis zum Zerreißen gedehnt. Kein Widerspruch? Hallo? Das ist wieder typisch: Meine Kritikerin kommt und geht, wann es ihr beliebt. Gelassen räume ich den Schreibtisch auf, als ich ein feines Nagen in mir spüre: der Zweifel. Was willst du noch? Die Geschichte ist fertig. Wo habe ich den Cliffhanger zu früh abgebrochen? Genervt suche ich im Manuskript das Kapitel mit der tragischen Szene. Nur widerwillig hole ich Maya, das Luder, ein allerletztes Mal ins Leben zurück.

Maya entfernt sich von der Gruppe. Barfuß und beschwingt vom Alkohol tänzelt die junge Frau im kurzen Sommerkleid über die Wiese. Nur verschwommen sieht sie die Gestalten, die ums Feuer vor der Alphütte sitzen. Und wer ist der Mann, der sie abrupt zu sich heranzieht, fragt sie sich. Eine bittere Wolke vom Enzianschnaps schlägt ihr entgegen. Das seltsame Glitzern in seinen Augen interpretiert sie falsch, denn sie lächelt verführerisch. Ihr Gegenüber verzieht keine Miene, sondern lässt sie wie eine Marionette einmal um ihre eigene Achse drehen. Mal locker, mal fest ist sein Griff. Und noch eine Drehung und noch eine. Maya lässt sich widerstandslos führen. Sie fühlt sich leicht wie eine Feder und blickt zu den Sternen, die ihr zum Greifen nahe erscheinen und mit den Lichtern im Tal verschmelzen. Und noch einmal dreht sie sich im Kreis. Plötzlich spiegelt sich Entsetzen auf ihrem Gesicht, als sie neben ihren nackten Füßen den felsigen Abgrund wahrnimmt. Ihr Puls beschleunigt sich, und Angstschweiß tritt aus ihren Poren. Mit unerwarteter Kraft reißt sich Maya los. Da bekommt sie einen heftigen Stoß in den Rücken. Sie stolpert.

Stopp. Genau hier muss die Neugier des Lesers für das nächste Kapitel geweckt werden. Für eine Sekunde wundere ich mich über meine Boshaftigkeit. Dann grinse ich: Leben und leben lassen, beim Schreiben ist alles erlaubt. Oder soll ich doch noch zwei

Sätze anfügen? Ich überlege und notiere: Maya will sich irgendwo festhalten, doch sie sieht nur gähnende Leere vor sich. Ihr gellender Schrei zerreißt die nächtliche Stille. Ich seufze. Für welche Variante soll ich mich entscheiden? Da rührt sich die Diva in mir und nimmt mir den letzten Funken Unsicherheit, indem sie begeistert ruft: Nein, nicht anfügen, hörst du! Alles passt. Erschöpft stehe ich auf, gehe zum Fenster und öffne einen Flügel. Tief atme ich die kühle Herbstluft ein und entlasse die Frage nach dem perfekten Text in die Nacht. Übermorgen ist Abgabetermin. Vielleicht noch einige …? Ich schmunzle, schließe das Fenster und lösche das Licht.

Die Kerze am Fenster

Düster ist es in der Alphütte. Ich, eine kleine dicke Kerze, stehe auf einem der drei Fenstersimse. Wenn ich seufzen könnte, würde ich es tun. Ewigkeiten ist es her, dass an meinem Docht eine Flamme flackerte. Sind seither ein oder zwei Winter vergangen? Ich weiß es nicht, denn die Fensterläden sind schon lange geschlossen, sodass mir die Jahreszeiten entgangen sind. Ich kann die Winterzeit nur erahnen, wenn ein kühler Wind um die Hütte weht und durch die Spalten zischt. Ein fremder Gast hat sich hier eingenistet: Die Trostlosigkeit. Sie hat den großen Raum mit der Kochstelle und die kleine Kammer nebenan belegt. Da sie sich auf keine Kommunikation einlässt, macht sie mich verrückt. Nur die Holzbalken mit ihrem Knarren schaffen es ab und zu, für wenige Sekunden die Monotonie aufzubrechen. Danach empfinde ich die Stille als noch unerträglicher. Wenn die Sonne scheint, huschen helle Streifen durch die Ritzen der alten Fensterläden. Dann kann ich schwach die Umrisse der spartanischen Einrichtung erkennen und fühle mich nicht ganz so alleine.

Ich habe nur einen Wunsch: Dass hier bald wieder Leben einkehrt. Wie früher, als am Tisch geplaudert und gelacht wurde und ich mit meinem Licht zu einer angenehmen Atmosphäre beigetragen habe.

Meine Aufgabe ist es zu strahlen, Wärme zu vermitteln, auch wenn ich dabei kleiner und kleiner werde und irgendwann nur noch wenige Wachstropfen von mir übrigbleiben. Ist es mein Schicksal, an diesem einsamen und dunklen Ort zu verstauben? Von der Welt vergessen? Dieser Gedanke betrübt mich, und die Hoffnung schwindet von Tag zu Tag, dass sich in dieser Alphütte nahe der Baumgrenze etwas ändern wird. Wieso kommt der Mann so selten hierher, und wenn, dann nur für kurze Zeit? Und alleine. Wo ist die Frau, die ihn immer begleitet hat? Die mich hier heraufgebracht, liebevoll aus dem Papier gewickelt und aufs Sims gestellt hat?

Was war das? Ich kann es kaum glauben, als ächzend die Tür aufschwingt. Eine bekannte Gestalt tritt mit festen Schritten ein. Er ist wieder da, der Mann. Warme Luft strömt durch den Raum. Sonnenstrahlen wirbeln Tausende von Staubkörnchen vom Boden auf und lassen sie tanzen. Endlich kehrt wieder Leben ein und mit ihr die Hoffnung, dass alles gut wird. Oh geliebter Sommer, ich begrüße dich. Meine Euphorie ist von kurzer Dauer. Mit mürrischem Gesichtsausdruck kommt der Mann näher und schiebt mich mit ruppigem Griff achtlos zur Seite. Er öffnet nacheinander die kleinen Fenster und drückt die Läden auf. Im ersten Moment bin ich geblendet von dem grellen Licht. Dann staune ich, als sähe ich die fantastische Kulisse zum ersten Mal. Eine Alpwiese in saftigstem Grün breitet sich vor mir aus. Mein Blick gleitet zwischen den Tannen hinab ins Tal zu dem kleinen Dorf mit der Kirche und ihrem hohen Turm. Im Schatten dahinter ziehen oberhalb einer Waldfläche die Felsen steil in den tiefblauen Himmel hinauf. Wie habe ich diesen Ausblick vermisst. Doch was ist los? Der Mann geht ruhelos auf und ab.

Plötzlich verschwindet er ins Freie und umrundet die Südseite. Was hat er vor? Auf der Westseite zieht er sein Hemd aus, schwingt eine Axt in die Luft und lässt sie niedersausen. Der Gesichtsausdruck ist immer noch derselbe. Wie im Akkord bearbeitet er ein Holzscheit um das andere. Zack, und zack, tönt es in die Stille. Schweißperlen zeigen sich am Haaransatz, und ein Bächlein löst sich von der Schläfe. Einmal hält er inne und wischt sich mit dem Handrücken über die Stirn. Irgendwann legt er die Axt weg und schichtet die Holzstücke auf. Dann setzt er sich auf die Bank unterhalb meines Fensters. Mit gebeugtem Rücken, den Kopf hängend zwischen den Schulterblättern, starrt er auf die Erde. Früher lehnte er, den einen Arm um die Frau gelegt, schweigend an der Wand, und beide hielten ihre Gesichter der Sonne entgegen. Ist er müde und deshalb nicht empfänglich für die Schönheit der Natur? Für dieses Panorama direkt vor seiner Nase? Das Farbenspiel in den Bergen ist einzigartig. Gämsen bewegen sich wendig auf dem felsigen Abhang. Ein Raubvogel dreht seine Runden am Himmel und löst bei den Murmeltieren verängstigte Pfiffe aus. Ich liebe diesen Platz am Fenster. Nur einmal habe ich mich erschrocken, als eine Lawine an der Hütte vorbeidonnerte. Die Läden standen an diesem Tag offen, und ich befürchtete, dass die Schneemassen die Fenster eindrücken könnten. Aber so weit kam es nicht.

Plötzlich steht der Mann mitten im Raum und stopft den Schal der Frau und andere Sachen in einen Sack hinein. Als er in meine Richtung blickt, ergreift mich Panik. Er kommt auf mich zu. Werde auch ich in diesem Beutel verschwinden, in dem sicher tiefste Dunkelheit herrscht? Dann bin ich verloren. Doch der Mann packt das Strohgebinde in der Ecke neben mir und schmeißt es hinein. Und, oh nein, er schließt alle Fensterläden. Mit dem Sack geht er nach draußen, verriegelt die Tür und lässt mich in der Einsamkeit zurück. Für wie lange? Die Dunkelheit nach dem hellen Tag bedrückt mich mehr als sonst. Das Warten zermürbt, und ich habe das Gefühl, mein Wachs wird immer spröder. Warum hat er mich nicht mitgenommen, dann hätte die Qual ein Ende gehabt? Nach sehr langer Zeit kommt der Mann wieder, doch meine Freude hält sich in Grenzen. Es muss tiefster Winter sein, denn er klopft sich den Schnee von der dicken

Jacke. Er geht kurz hinaus, kommt mit einer Unmenge an Holzscheiten herein und legt diese neben den Ofen. Als er die Mütze vom Kopf nimmt und die Handschuhe auszieht, sehe ich etwas, was mir wieder Mut gibt: Einen zufriedenen Gesichtsausdruck. Als er den Boden wischt, summt er gar ein Lied. Aus seinem Rucksack holt er vorsichtig ein Adventsgesteck hervor, steckt vier Kerzen darauf und stellt es in die Mitte des Tisches. Nachdem er eine Schale mit Mandarinen und Nüssen gefüllt hat, zieht er sich wieder an und geht. Ich kann es kaum glauben: Er hat die Läden offengelassen. So blicke ich auf die weiße Pracht, in das diesige Licht, und schöpfe erneut Hoffnung. Im Winter herrscht hier oben eine magische Stille. Sie wirkt beruhigend. Einige Zeit später öffnet sich wieder die Tür. Ein eiskalter Luftzug fegt herein, und hinter dem Mann tritt eine mir unbekannte Frau ein. Sie sprechen zärtlich miteinander. Bald verbreitet sich Kaffeeduft im Raum, und die Frau zündet an zwei Kerzen am Kranz die Dochte an. Auch an meinen Docht hält sie die Flamme des Streichholzes. Meine Freude ist unermesslich. Fröhliche Stimmung herrscht. Nach einer kurzen Schneeballschlacht sind sie weg. Die Läden haben sie offengelassen. Ich kann nun täglich beobachten, wie in der Dämmerung im Dorf unten ein Licht ums andere angeht. Der Sternenhimmel erscheint mir heute heller. Und sie ist wieder da, diese absolute Stille. Jetzt empfinde ich sie als eine Vertraute von mir. Erneut vernehme ich Stimmen. In die Hütte treten mit dem Mann und der Frau vier Leute ein. Sie reiben sich die Hände, ziehen die Jacken aus, lachen und sprechen durcheinander. Der Mann kümmert sich ums Feuer. Da tritt eine Frau mit einem langen Zündholz näher, entfacht zuerst meinen Docht und dann alle Kerzen am Kranz. Meine Freude ist grenzenlos, denn mein innigster Wunsch ist wahrgeworden. Bald brutzelt es in einer Pfanne auf dem Herd. Nach dem Essen singt die Gruppe Weihnachtslieder. Die Stimmung ist sehr feierlich. Als dumpf vom Tal Kirchenglockengeläut heraufdringt, öffnet jemand eines der Fenster. Ich strahle und bin glücklich.

Helle Momente

„Ich will hier nicht bleiben, Kind!", klagt die Frau mit weinerlicher Stimme. Sie sitzt kerzengerade auf dem Sofa. Die grauen Haare, zu einem Bob geschnitten, bilden einen starken Kontrast zu dem auberginefarbenen Kostüm. Das Weiß der Bluse lässt die feinen Gesichtszüge, von etlichen Falten durchzogen, noch bleicher erscheinen. Die braunen Augen der Frau wechseln vom Fenster zur Kommode hin und her. Die Hände liegen im Schoß und zupfen nervös am Stofftaschentuch.

„Nenn mich nicht Kind, Mutter, ich bin zweiundfünfzig."

Kaum ausgesprochen, bereut die Tochter ihre tadelnden Worte. Versöhnlicher sagt sie:

„Entschuldige. Du brauchst einfach eine Eingewöhnungszeit. Das dauert, bis du dich hier zurechtfindest. Die Frau Niggli …"

„Kenne ich nicht!"

„Das ist die nette Pflegerin auf der Station. Wir sind ihr doch soeben im Flur begegnet."

Schweigen. „Weißt du nicht mehr?"

Edith ärgert sich über sich selber. Ihr sollte bewusst sein, dass Nachhaken nichts nützt. Im Gegenteil. Sie lehnt am Fenstersims und schaut sich im Zimmer um. Der große Blumenstrauß auf dem Wohnzimmertisch scheint als einziger Lebendigkeit zu versprühen. Mamas Lieblingsrosen, eine alte englische Sorte mit betörendem Duft. Sie waren nicht einfach aufzutreiben. Hat sie die Blumen überhaupt wahrgenommen? Verändert sich nicht auch der Geruchssinn bei Demenzkranken? Ein kleines Dankeschön hätte Edith gutgetan. Es hätte sie für all die Mühe in den letzten Wochen entschädigt. Aber sie hat sich gefreut, dass Mutter gelächelt hat, als sie sie im Erdgeschoss bei der Voliere begrüßt hat. Wie lange wird sie sie noch erkennen? Ein flaues Gefühl macht sich in der Magengegend bemerkbar. Vor diesem Augenblick fürchtet sich Edith jetzt schon. Nach der Schockdiagnose beim Hausarzt hat sie sich über diese Krankheit informiert, um gewappnet zu sein, mit welchen Veränderungen sie bei ihrer Mutter rechnen muss. Und was auf sie als Angehörige zukommt. Edith kann sich nur langsam mit der neuen Situation abfinden. Sie hat das Gefühl, sie stecke immer noch im Lernprozess. Denn bei jedem Besuch in der Demenzabteilung warten neue Herausforderungen auf sie. Heute kommt ihr die Mutter wieder sehr gedrückt vor. Edith fragt sich, ob sie die Kleiderauswahl getroffen hat. Ob sie weiß, dass sie heute Geburtstag hat, zwei Tage vor Weihnachten. Wohl kaum. Oder tut sie ihr unrecht? Sie hat durchaus noch lichte Momente. Aber eben nur Momente. Edith schaut sich im Zimmer um. Auf der

Kommode stehen die Fotorahmen und die einzelnen Nippsachen seit dem Umzug vor drei Monaten am selben Ort. Die Lesebrille liegt auf dem kleinen Beistelltisch neben dem Büchlein, das sie ihrer Mutter zum Einzug geschenkt hat. Unangetastet, wie ihr scheint. Genauso wie der Block. Wo ist der Kugelschreiber? Vielleicht findet sie diesen in der Schublade bei den Strümpfen, denkt Edith bitter. Sie erinnert sich an die zermürbende Sucherei bei Mutter zuhause. Rechnungen wurden erst vermisst, als die ersten Mahnungen eintrafen. Aber auch die blieben oftmals verschwunden, bis Edith bemerkte, dass sie die Zeitungen ausschütteln musste, die für das Altpapier bereitlagen. Mutter hat Schlüssel, Brillen und ihre Geldbörse an den unmöglichsten Orten abgelegt. Dass sie sich hier nicht wohlfühlt, schmerzt Edith. Schuldgefühle kommen wieder hoch. Sie hat sie aus ihrer vertrauten Umgebung herausgerissen. Nach einundvierzig Jahren wie einen alten Baum im wahrsten Sinne des Wortes verpflanzt. Was erwartet sie?

„Schau", sie macht eine Handbewegung durch den Raum, „du hast es doch hübsch hier. Einige deiner Möbel stehen hier, sogar dein Lieblingssessel und der Nähtisch haben Platz gefunden."

Ob sie sich je noch einmal an letzteren setzen wird, bezweifelt Edith. Sie war schon zuhause selten mehr in der Lage, einen Faden einzufädeln, geschweige denn einen Saum umzustecken und den Stoff mit ruhiger Hand zu führen, während die Nadel ihren Dienst leistet. Aber sie konnte ihrer Mutter den Wunsch nicht abschlagen, denn sie hat bereits als junges Mädchen mit Leidenschaft genäht. Werden nur schon beim Anblick ihrer alten Nähmaschine Erinnerungen an ihre Jugendzeit wachgerufen? Sie hat ein geheimnisvolles Lächeln auf den Lippen, wenn sie das Ungetüm betrachtet. Edith dreht sich um und schaut aus dem Fenster, die Vorhänge sind zurückgezogen. Der tief verhangene Dezemberhimmel hebt ihre Stimmung nicht. Die Skelette der Bäume vermitteln Trostlosigkeit. Auf den Rasenflächen liegt ein Hauch von Schnee. Die zwei roten Bänke, die einzigen Farbtupfer in der großen Anlage, stehen verloren am Ufer des Teichs. Der schmale Weg windet sich an gestutzten Rosenstöcken und Gebüschen vorbei. Ein Blumenbeet, mit Tannenzweigen bedeckt, harrt auf eine freundlichere Jahreszeit. Nur um das Vogelhäuschen, an einem dicken Ast hängend, herrscht emsiges Treiben. Hat das Wetter für Mutter eine Bedeutung? Was interessiert sie noch? Edith ist die Melancholie fremd, die sie erfasst, und so sagt sie bemüht heiter:

„Und dann diese Aussicht. Nächstes Frühjahr, wenn alles blüht, können wir im Park spazieren …"

„Edith, der Teppich rutscht."

Die Tochter atmet einmal tief ein und aus, bevor sie sich umdreht.

„Mutter, das ist nicht der Perserteppich, der sich immer wieder zu einer Welle zusammengeschoben hat. Der Läufer hier kann nicht rutschen, ich habe eine Gummimatte daruntergelegt."

Sie erklärt schon wieder. Nach einem Blick auf ihre Armbanduhr sagt sie:

„Wir müssen runtergehen. Die Weihnachtsfeier beginnt gleich."

Ihr zerreißt es fast das Herz, als sie den verzweifelten Gesichtsausdruck ihrer Mutter sieht. Als stehe sie hinter einer verschlossenen Glastür, die für einige kurze Momente einen Spalt geöffnet ist.

„Edith, ich weiß, dass irgendetwas mit mir nicht stimmt. Mir ist, als würde ich verrückt. Darum bin ich doch hier, nicht?"

Auch wenn Edith schnell auf die Glastür zustürmen würde, um die Hand der Mutter dahinter zu ergreifen und sie der Dunkelheit zu entziehen, sie könnte sie nicht erreichen, denn dieser klare Gedanke ist so kurz wie ein Fingerschnippen. Und er sticht Edith erneut mitten ins Herz. Sie schluckt einmal leer. Wortlos setzt sie sich neben die Frau, umarmt sie und legt den Kopf sanft an ihre Schulter. Wärme durchströmt sie. Mutter entgleitet ihr Stück um Stück, und sie kann nichts dagegen tun.

„Du weißt, warum du hier bist. Das Haus war viel zu groß für dich. Dann die vielen Treppen und der Garten."

Sie streichelt ihr zärtlich die Wange. Wäre sie nicht berufstätig, würde sie sich zuhause um ihre Mutter kümmern. Sie hat es immerhin versucht, nachdem Mutters Vergesslichkeit eine andere Dimension angenommen hatte. Sie hatte behauptet, ihre Nachbarin, eine warmherzige Frau und große Stütze, habe ihren Schmuck entwendet. Er kam nach und nach zum Vorschein. Als Geldscheine verschwunden waren und bis heute nicht aufgetaucht sind, waren der Nachbarin die ständigen Verdächtigungen zu viel geworden. Sie hatte den Kontakt zur Mutter definitiv abgebrochen. Wer kontrollierte nun die Tabletteneinnahme? Edith sah nur den einen Ausweg: ins große Haus einzuziehen. Sie nahm unbezahlten Urlaub, um nachzudenken und die Entwicklung vor Ort zu beobachten. Doch Zeit zum Nachdenken hatte sie kaum. Am Zustand der Mutter änderte sich nichts. Es war nicht nur ihre Vergesslichkeit, die Edith schwer ertragen konnte, sondern auch ihre Gefühlsschwankungen. Edith war schlichtweg überfordert. Der Tag rückte näher, wo sie ihre Arbeit wieder aufnehmen musste. Sie nahm die nächste Option wahr und engagierte eine Pflegerin, die bei Mutter wohnte. Edith wollte es lange nicht wahrhaben, aber die Chemie zwischen den beiden Frauen stimmte auch nach Wochen nicht. So war der letzte Schritt unausweichlich. Sie fragte im Seniorenheim an, wo Mutter auf der Warteliste stand, und betete, es möge ein Platz frei sein. Edith schämt sich. Mutter hat für sie gesorgt, und sie ist nicht im Stande, dasselbe zu tun, jetzt, wo sie sie am meisten bräuchte. Sie ist realistisch genug einzusehen, dass Mutter rundum Betreuung benötigt. Und Gesellschaft. Damit es beiden wieder gut geht. Geht es ihnen gut?

„Übrigens wirst du heute achtundsiebzig, Mutter, da darfst du ein bisschen vergesslich sein. Das geht allen so, wenn sie älter werden."

Da ist er wieder, dieser starre Blick, der ihr zeigt, dass ihre Mutter zwar physisch neben ihr sitzt, aber ihr Geist fortgewandert ist. Ihr Blick hat sich nach innen gerichtet und beleuchtet einen früheren Lebensabschnitt.

„Robert muss die Heizung reparieren. Wo bleibt er nur? Ich habe es ihm doch beim Frühstück gesagt. Es ist so kalt im Haus."

Mutter spricht von ihrem Mann, dabei ist dieser seit zehn Jahren tot. Sie legt eine Hand auf den Unterarm ihrer Tochter:

„Edith, ich muss nach Hause. Ich muss nach dem Rechten sehen."

Dieses Flehen in ihren Augen. Edith ist dem Weinen nahe. Sie kämpft mit den Tränen.

„Mutter, du wohnst jetzt hier. Das ist dein Zuhause. Du musst dich um nichts sorgen. Lass uns runtergehen."

Sie steht auf, fasst beide Hände der Mutter und zieht sie hoch.

„Edith, der Teppich rutscht."

„Ja, Mutter, lassen wir ihn doch rutschen."

Sie hängt sich bei Mutter ein und zieht sie sanft in Richtung Tür. Wie ein willenloses Kind lässt es ihre Mutter geschehen. Edith hofft, dass sie es bis nach unten schaffen werden. Ohne dass Mutter umkehrt, in ihr Zimmer will und sie ihr geduldig zureden muss. Kaum haben sie den festlich geschmückten Saal betreten, löst sich Mutter von ihr und steuert auf den Weihnachtsbaum zu. Edith folgt ihr, nickt mal da und dort einer freundlich winkenden Bewohnerin zu.

„Was ist denn?"

Ihre Mutter scheint wieder abwesend, als sie unruhig vor der großen Krippe hin und her geht. Die anderen Heimbewohner und ihre Angehörigen sitzen bereits an ihren Plätzen. Getuschel und helles Lachen füllen den Raum.

„Ein Schaf."

„Zwei Schafe, Mutter. Da stehen zwei Schafe."

Zuhause hatten sie drei Schafe in der Krippe. Zwei stehend, eines liegend.

„Bitte komm, die Feier beginnt gleich."

Sie führt die Mutter auf einen freien Stuhl und setzt sich leicht angespannt neben sie. Kurz bevor die Heimleiterin mit der Ansprache beginnt, stellt eine Angestellte ein drittes Schaf in die Krippe. Edith wendet den Kopf und sieht, wie das Gesicht ihrer Mutter sich aufhellt. Erinnert sie sich an ihre Kindheit? Edith drückt lächelnd ihren Arm und lehnt sich zurück.

Ende

Zeitfracht Medien GmbH
Ferdinand-Jühlke-Straße 7
99095 Erfurt, Deutschland
produktsicherheit@kolibri360.de